JN156264

あの瞬間、ぼくは振り子の季節に入った

【連作短編集】一九七〇年代から一九八〇年代にかけて宮古島での記憶

荷川取雅樹
MASAKI NIKADORI

ボーダーインク

一九七〇年代から一九八〇年代にかけて宮古島での記憶

目次

つまらないものだ。

右腕三頭筋付近の痛みと、ろくすっぽ動かない足の硬直が緩和される間、じっと動かずにいるわずかな時間に唐突に浮かび上がってくる古い記憶などつまらないものなのだ。

四十歳を超えて思い出すような、今まで触れられずにいた思い出など、埋もれていて然るべきもので、大した話ではない。

ほぼそれは、一九七〇年代から一九八〇年代の初頭にかけての宮古島での記憶だった。

まだまだいろいろな事を見過ごしてもらえた迂闊（うかつ）な時代、ノー天気と退屈が、我が物顔で闊歩していて、愚か者が愚か者のまま、糾弾などされることなどなく野放しにされていて——宮古島ではそういうところは今でもあまり変わってはいないかもしれないが——現代人が目眩を起こしそうなほど、ゆるゆるな迂闊な時代を、子供のぼくは宮古島で過ごした。

ここでいう宮古島とは、世間一般がイメージする、いわゆるリゾート感溢れる、またはサトウキビ畑が広がる沖縄の離島の宮古島ではなくて、そんなものには縁がない、島の中心の中心、人口密度が異常に高く、島の全人口五万人のうち、三万人ほどが住んでいて、誰もが顔見知りってわけではないくらいの規模で、昼は自動車や簡易な荷馬車がガンガン行き交い、夜は酔っ払いが奇声をあげながらフラフラ歩き回っている狭いエリアのことである。

こんな区画整理などまだまだ進んでいない、空が狭く、青い海も見えない猥雑な街で、小汚い子供は自由に飛び回って、こっぴどく怒られたり、ドヤされたりしながら、少年から少し大人の少年になっていった。

そして、最終的に、迂闊な時代だといっても、それはいくらなんでも、迂闊にも程があるだろうというワナのような状況に直面するのだけど、それ以外はどこにでも転がっているような話で、つまらないものばかりなのである。

しかし、困ったことに、このつまらない古い記憶が、ぼくの感情のどこか端の方に引っかかって、振り払っても振り払っても、しぶとく食い下がって消えようとしない。

本当に困った。

あの瞬間、ぼくは振り子の季節に入った

記憶 I

屋上の龍／地下の亀

その龍はすでに死んでいて、ぼくはその背中に乗ることはできなかったのだけど、追体験を試みることは出来た。なぜなら、龍の死骸はしばらくそこにあったからだ。

このタイトルでこのような書き出しだと、これからどんなネバーエンディングストーリー的な話が始まるのかと思わせてしまうのかもしれないけど、ぜんぜん一〇〇%そうではなくて、昔、デパートの屋上の遊園地に存在したヤバすぎるアトラクションに、おバカな子供の心と身体が右往左往するだけの話だ。これがとにかく地味な話なので、タイトルと書き出しだけでも派手めにしようと思ったのだった。

四十年以上前、五歳前後のぼくたちは、目の前で繰り広げられる阿鼻叫喚の世界に声も出せずに視線を釘付けにされ、膝はがくがくと震え、身動きひとつ出来ずにいた。ぱんだる（鼻汁）も少し出ていたかもしれない。あの時代の子供はだいたい全員出ていた。

場所は、デパート丸勝の屋上である。

丸勝は島で唯一のデパートで、食品から洋服、そして娯楽まで一通り揃っている。この近所のぼくたちは、お金を持っていなくても遊びに行き、度が過ぎると、つまみ出されたりした。

ここまで読んで、宮古島出身の五十代前後の方は「ヤバすぎるアトラクション？　ああ、あれのことか」と思ったに違いない。ワイヤーや本体が錆びついていて、ギシギシ音をたてながら、屋上の敷地からはみ出すように回る、明らかに現在の安全基準からも大きくはみ出していた、あの吊り下げ式の飛行機かと。

確かにあれもヤバすぎるアトラクションではあった。

数十メートル下の道路が見えたときのいろんなものの縮み上がりようはハンパではなかった。でも、あれではない。

五歳ぐらいのぼくたちが、ぱんだる垂らして震えながら見ているアトラクションとは、丸勝屋上の奥の角にある小さな階段を降りゆくと、かなり広いスペースがあり、そこに黒き龍のごとく鎮座ましましていたジェットコースターなのである。

昭和四十年代以降の生まれの人間で、このジェットコースターの存在を知る者は少ない。

宮古島にもジェットコースターが存在した時代があったのである。

もしかしたら、ジェットコースターではなく、ジェットコースターっぽい乗り物だったのかもしれないが、ぼくの記憶の中では、間違いなくジェットコースターだと認識されている。今後もこのぼんやりとした記憶のまま話をすすめるので、事実との齟齬などは見逃してもらいたい。真実の真実性なんて個人的なものが入り込む余地が充分にあって、その形は容易に変わるので……。苦しい予防線張りはこのへんにして、話を戻そう。

このジェットコースター、木製なのである。

本体は木製かどうかはわからないけど、レールは黒っぽい木製で、よくある電車の線路状なものではなく、うねりすぎのドでかい滑り台が円を描いたような構造物だった。その黒き龍のような背中の上を、おそらくローラーが付いていると思われる本体が滑走するのである。ゆえに、ものすごい音がする。

ガラガラガラーッ！　ゴロゴロゴロロロローッ！　バリバリバリーッ！

これが雷鳴のような、蘇った古生代の怪獣の咆哮のような、恐ろしい音なのである。

当然その連結した棺には人間が乗っていて、十代後半から二十代前半と思われる大きいお兄さんとお姉さんが一様に、ものすごい形相で悲鳴をあげている。

当時流行っていた狼ヘヤーのお姉さんの自慢の髪型は見事に逆立って、絶対売れないヘビーメタルバンドのボーカルみたいになっていて悲惨である。お兄さんたちは男の意地なのか、悲鳴こそあげてはいなかったが、その顔は極限まで引き攣っていて、パンストをかぶらされて引っ張られたあの顔そのものだった。

そんな恐ろしい光景を目の前にしたぼくたちは、止まらない恐怖心とともに湧き上がる高揚感に包まれていた。

――大人になったらあれに乗るのだ。いや、大人になるために乗るのだ。大人になったら、あの恐ろしい龍もへっちゃらになって、正義のヒーローにだってなれて、困ってる人たちを助けて、そのうちたくさんゴハンを食べて、空も飛べるかもしれない!

当然、通過儀礼などという言葉は知らなかったが、感覚的にそのような理解だったと思う。もしかしたら、バンジージャンプの原点であるバヌアツの子供たちも、あの儀式を見て、あのときのぼくたちと同じような気持ちになったのかもしれない。

しかし、そんなぼくたちの願いは叶うことはなく、いつの間にか、ジェットコースターはなくなっていた。

あの、超危険でヤバイ、サビふっち(錆びた)飛行機はずっとあったので、あれより危険だと判断されたかもしれないし、もしかすると、ジェットコースターは常設ではなく一時的に設置されたアトラクションかもしれないし、維持費がかかりすぎだったのかもしれない。跡地には、龍の死骸みたいな巨大な木製のうねりすぎの滑り台だけが残った。

まさに残骸だった。

そして、そこは貧乏なぼくたちの絶好の遊び場になった。

ぼくたちは、そのジェットコースターの通路をガラガラガラー！　と声に出しながら走って、大きいお兄さんとお姉さんたちの恐怖心を追体験しようとしたけど、その残滓すら見つけられず、ただ楽しく騒いだだけに終わった。

当然そこは立入禁止で、ぼくたちは管理者に見つかって、蜘蛛の子を散らすように逃げた。隣接した建物の屋上伝いに！　余裕で死ねる頭の悪い行為である。

その後、頭の悪い貧乏でぱんだるなぼくたちは、西里大通りのビルの屋上探検隊を結成して、その活動にのめり込んでいくことになるのだが、それはまた別の話。

最近、このジェットコースターの話を同世代の友人たちに話して、懐かしもうとしたが、覚えている者はいなかった。彼らは屋上探検隊のメンバーではないので、こんなものかと、がっかりしていたが、ひとりだけ覚えているやつがいた。

彼は西里大通りの真ん中あたりの交差点にあった旧小林ストアーの息子で、丸勝から近い場所に住んでいた人間だった。そして、ぼくも丸勝の斜め向かいにあった山吉洋品店の真裏のあばら家同然の古い家に住んでいた。

どうやら、同世代で恐怖のジェットコースターを知っているのは、市内の中心近くに住んでいた者だけのようだ。

もちろん、もっと上の世代の方々に訊けば、いろいろはっきりしたことがわかるとは思うけど、ぼくは積極的にそうしようとは思わない。

もし訊いてみて、その答えが、あの屋上の龍の実態はそれほど怖いものではなく、撤去された理由も、ただ単に人気がなくなったからだったりすると、それはそれで残念な気がする。

ぼくはあの笑ってしまう恐怖と高揚感の記憶を個人的な真実の真実性という隙間に、もう少しの間、紛れ込ませておきたいのである。


その別の話をしたい。

西里大通りのビルの屋上探検隊の話。

もちろんそんなチーム名などはつけてはいなくて、ただの四、五人のおバカな子供の集まりだった。もしかしたら三、四人だったかもしれなくて、今では顔も名前も忘れてしまった。それほどに古い記憶。なにしろ四、五歳の頃の話で記憶の捏造がかなりあることをお断りしておく。

ぼくたちは龍が永遠の眠りについたデパート丸勝の屋上を追い出され、隣接するビルの屋上伝いに逃げるうちに、その行為がものすごくおもしろいことに気づいてしまった。

翌日も集まって二階か三階建ての建物の外階段や、よじ登れる壁を見つけては屋上に上がった。西里大通りは島のメインストリートで、道路の両側はあらゆる商店の建物が建ち並んでいる、まさに島の中心で、だいたいの物はここで買えた。今通ってみると大通りとは名ばかりの広い路地程度の道幅で驚くが（アスファルトで舗装されたのも最近）、当時はここが大通りだという認識に疑問を持つ島民はいなかったと思う。とにかく建物が密集していたので、屋上という探検場所には困らなかった。ここでいう屋上の定義は曖昧で、建物のてっぺんならどこでもよかった。

もう少し言うと、ここはいわゆる世間一般がイメージするような南の島的な環境——青い海、風にざわわと揺れるサトウキビ畑など——ではなくて、そんな風景を拝むためにはかなりの距離を移動しなければならず、子供の足では無理な距離で、一番近い海水浴場パイナガマビーチでも小学校の六年生の終わり頃になって、やっと友達同士で行ったくらいだった。

ぼくたちは環境保護の意識が微塵もなかった頃の自動車が、狭い道路をひっきりなしに行き交いながらガンガン撒き散らす排ガスと、まだまだ健在だった二輪の荷馬車を引く馬がボトボトと落としていく馬糞の香りに加えドブの臭い漂う、猥雑な町の中で育った。

もちろん、いわゆる南の島的な環境で育っているちゃんとした島の子供たちもいるわけで、その環境が存在する地域にある我が父親や母親の実家などに行った際には、ぼくたちのような子供たちは、ひ弱なもやしっ子、しかもバカという扱いを受けた。実際、彼らは体力もあり勉強も真面目にやっていて頭もいいので、ぼくたちには、いや、少なくともぼくは太刀打ちできなかった。

大きくなるに連れて、彼らは将来に対する考え方もかなり現実的になっていき、夢見がちなぼくらとの距離は開きっぱなしだった。性格的に温厚なタイプが多いのも、ぼくのコンプレックス――というほどでもないけど、ちょっとした引け目みたいなもの――は、高校に入っても持ち続けた。おそらく、彼らはぼくたちのことを「なんというチャラいやつらだ」と思っていたと思う。それは本当にその通りだったのだ。

話を戻そう。

バカと煙は高いところが好きとはよく言ったもので、ぼくたちは探検隊の活動にハマりまくった。それが恐ろしく危険な行為だと理解する頭は持ち合わせていない。たまによじ登る途中で怖くなって動けなくなったりしたが、こんなとき普通なら仲間が、がんばって降りろとか登れとか説得するか、あるいは大人を呼んで来るかするのだと思うが、おバカはそうしない。それではどうするか？　おまえは飛べる！　飛べる飛べる！　と檄を飛ばすのである。そう言われると、おバカは、俺は飛べると思うのである。二階ほどの高さでも、そこから飛んだ。普通ただでは済まない高さで、運が悪いと死んでもおかしくなかったが、バカなので奇跡的に助かる。まったくの無傷。それが奇跡的だと理解も出来ないので、この遊びをやめることはない。

不思議なことに誰にも会わなかった。咎めるような大人も、授業をサボって、タバコを吸いながらトランジスタラジオを聴いているような高校生もいなかった。

ぼくたち以外、世界中の誰一人も昼間の屋上の存在には気づかないようだった。とにかく誰もいない。もしタイミングが合って誰かに会えたとすれば、捨て場に困ったいらないモノを屋上に置きに来るような人間だけだっただろう。

屋上では、そんないらないモノがひっそりと息を殺してぼくたちを迎えた。

あるときは、元は鮮やかな赤色だったであろう赤茶けたソファが中身をむき出しにして折り重なっていた。テーブルもあったので、たぶんどこかの潰れた飲み屋から運ばれてきたのだろう。ぼくたちはソファを「敵」ということにして殴ったり蹴ったりしてみたが、手と足が痛くなっただけで、楽しくはなかった。

あるときは、大量の靴下が捨ててあった。中にはビニールで包装されたままの物もあったので、ラッキーとばかりに持って帰ろうと思ったが、誰かが「それは死んだ人が履く靴下だ」と言い出したので、ビビりまくってやめた。もちろんそんなはずはなくて、持って帰っても怒られるだけなのだが、昼間の屋上は地上よりも幻想的で、そんな珍説さえすんなりとぼくたちに入り込んだ。

あるときは、なんの機械なのかわからない、計器がいくつか付いた、全体が赤錆びた大きめの物体（おそらくポンプ）を見つけた。それを超強力な時限爆弾ということにして、計器部分をグリグリとやって「よし、一分後にセットした。早く逃げないと宮古が爆発する！」とか言って全員屋上から逃げた。一分後に宮古島が吹っ飛ぶのなら、逃げるもクソもないのだが気にしない。逃げる際、足を踏み外したバカがひとり落ちた。

またあるときは宝物を見つけた。

これは比喩でも何でもなく、そのまんまの意味である。

宝物とは宝石のことで、そしてそれは木の箱に入っている。この条件を満たしているものは宝物に間違いはない。それが薄汚れたガラスを挟んで目の前にある。

ぼくたちは興奮して、すごい！　宝だ！　宝だ！　と騒ぎ出す。

「どうする？」「持って帰る？」「いや、でも中にあるから」

結局、宝を手に入れるためには、鍵を壊して建物の中に侵入しなくてはならず、そこまでやってしまうと、いくらぼくたちがおバカの集団といえどもシャレにならないとわかるので、泣く泣くあきらめる。後ろ髪を引っ張られながら地上に降りた。

ぼくたちが、シャンデリアというゴテゴテしい照明器具の存在を知るのはもう少し先だ。

さすがに何回目かの探検になってくると、登れる屋上がなくなる。それでもぼくたちの探検の熱は冷めず、目的を変えて探検隊の存続を決定する。もちろん、森や海に探検に行くのではなく、まだ行ったことのない場所に行ってみる。敷地内に侵入してみる、ただそれだけである。

ぼくたちはまだ未踏破だった北の方に向かって歩き始める。

北方面は元々ぼくたちのテリトリーではなく、文化センターより向こう側は北学区（北小学校に通う、あるいは通う予定）の子供たちのテリトリーで、ぼくたち平一学区（平良第一小学校に通う、あるいは通う予定）の子供たちはそこに足を踏み入れることをよしとはしなかった。もちろん平良第一小学校より近いので、そのテリトリーにある消防署まで足を延ばして消防車を見に行くぐらいはしたが、そこに留まって遊んだことはなかった。

ぼくたちはそれでも境界線を越えることはなく、境界線ギリギリの文化センターの手前の道を西に向かって進んだ。つまり、市役所、消防署、警察署その他が立ち並ぶ、島の官庁街ともいえる文教通りの裏通りである。ここは民家は少なくて、公共施設のほうが多い。やはりここも人は見当たらない。何かの弾みで大人のいないパラレルワールドにでも迷い込んでしまったのかと思うほどだ。

ぼくたちは通りの入口寄りの建物から侵入して、道路に出ることはなく塀伝いに建物から建物へと移った。

何軒目かの移動で、薄暗い陽の当たらない塀と建物の狭い隙間を、ぼくたちは身をかがめてこそこそと這いずっていた。気分は洞窟探検である。進むうちに鉄筋のようなもので行く手を阻まれるが、子供の身体ならぎりぎり潜り込める鉄筋のずれを発見して、そこに身体をねじ込む。常識のある子供なら、これだけ厳重にガードしてあれば、ここは入っちゃいけない場所なのだと判断するのだろうけど、おバカの探検隊は突き進む。

せまく暗い場所から抜けて、一気に陽のあたる場所に出たからなのか、その場所そのもののせいなのかわからないけど、そこに立っていることに現実感がもてなかった。実際おかしな場所で、そこにはなにもなく、建物と建物の間にすっぽりとできた、表通りからも裏通りからも遮蔽されていて見えない、平べったい空間だった。コンクリートの地面に夏の日差しが反射して白く眩しい。その表面にマンホールみたいな丸い穴がいくつも空いるのが確認できた。蓋がしてある穴もあれば、開いている穴もあった。

——なんだこれ?

もちろん探検隊は確かめずにはいられない。

ぼくたちは蓋が開いている穴に近寄り、取り囲むようにして中を覗いた。子供の目測で浅めの井戸ぐらいの深さだった。中は薄暗かったので、太陽光に晒された目が慣れるまで少し時間がかかった。

――なんだろう？　なんかいる。

「亀だ！」

誰かが声を上げた。

確かに、穴の底に浅く溜まっている水面から露出している物体は、亀の甲羅のように見える。

ぼくはもっと目を凝らす。

「ホントだ！　亀だ！　だいず! (すげぇ!)」ぼくも叫んだ。

剥製(はくせい)でしか見たことはないけど、海亀に間違いはなかった。

すると、ぼくの声に反応したのかわからないけど、亀が手足を動かして水をバシャバシャと跳ね上げた。そして、ゆっくりと頭を上げてぼくたちを見た。その数秒、ぼくたちは亀の心を覗き込もうとする。

――なんだってこんな暗くて狭い穴の中にいるんだ？　海亀なんだろう？　海にいるから海亀なんだろう？　こんなんじゃ――

「ぬおおおおおおおお」

恐ろしい唸り声。

ぼくたちは一斉にその声の方に振り向く。

血走った目の作業服姿の中年のおじさんが、こっちに大股で近づいてくる。

「おまえらああああああああああ」

ぼくたちはその場から、火花のように弾けて飛ぶように散らばった。

「うらああああああああああああああ」おじさんは吠え続けた。

恐すぎて必死すぎて、あの閉鎖された空間のどこから抜け出したのか覚えていないけど、ぼくたちは道路を走っていた。おじさんはもう追いかけて来ないとわかっても足を止めず走って逃げた。どこをどう走っているのかわからない。まわりは目に入らない。ぼくの目にはあの不思議な空間の、あの光景が焼き付いていた。

コンクリートの地面にあった、いくつもの穴……。

――いるんだ。あのたくさんの穴に亀が。そして、ぼくたちを見上げているんだ。

もしかしたら、北学区の子供たちにはお馴染みの場所かもしれないし、何か事情があって、一時的に保護されているだけかもしれないし、そうではないかもしれない。わからないけど、海亀は確かに存在してぼくたちを見上げていた。

――ぼくはあの数秒で亀の心が見えたのか？　しかし、自分の荒い息の音に邪魔されて、答えは何も見えてこない。

ぼくたちは小林ストアあたりまで来てトボトボと歩きだしていた。

西里大通りまで戻ってきてやっと足を止める。雑踏がぼくたちを暖かく包む。排ガスと馬糞のにおいも心地よい。

今日はなにか行事でもあるのか人通りが多い（ぼくが「ワッショイ」と呼んでいた七十年安保のデモだったのだろうか？ その見物によく人が集まっていた）。そんな、幾分殺気立った人いきれの中、ぼくたち探検隊は小動物がお互いを守るようにひとかたまりに丸くなって顔を見合わせる。「あのおじさん恐かったな」「殺されるかと思った」「なんか持ってた」「木刀だったよ」「うそつけ、竹ぼうきだろ」「でもさ、あの亀、あれは――」

誰かが何か言おうとして言葉を飲み込むのがわかった。ぼくも出てきそうな言葉を押しとどめるように口を強くむすぶ。それを吐き出せば、自分たちの弱さをさらけ出してしまう。

――一万回ご飯を食べて一万回寝て、大きくなっても、スーパーヒーローになんてなれっこない。亀さえ救い出すことができない人間に、世界を守ることなんてできない。そんなふうに思ったと思う。

結局、ぼくたちはそれ以上何も話さないまま、ひとりひとり歯が抜けるように家に帰った。

一番家が近いぼくは最後まで残って雑踏の中にいた。ぼくたちはそれっきり二度と集まることはなかった。

――今日は人が多い。だから、寂しくない。ちっとも寂しくなんかない。

小学校に入学して数年も経つと、さすがに行動範囲はだいぶ広がって、西里大通り周辺で遊ぶことは少なくなっていて、主に友達の家を行き来して遊んでいた。それでも、当時仲良くしていた友達が西里大通りに仮住まいで住んでいたので、通り沿いのその家の中で遊んでいた。

ある土曜日の午後、いつものようにその家を訪ね、二人で遊んでいると、友達がなにかの用事で出ていってしまった。家にはぼくたち以外誰もいなかったので、ぼくはひとりでお留守番という形になった。

寝転がって漫画を読んだり、ボーッとしたりしていた。隣の家のラジオか、この家のラジオかわからないけど、山口百恵の歌声がかすかに聴こえる。たぶん《ひと夏の経験》だろう。当時流行ってたし。ふだんこの時間は眠気を誘う民謡が定番なのだが、土曜日だからなのだろうか歌謡曲中心の番組のようだ。それでも眠くなる。

ウトウトしていた。すると突然部屋の窓が乱暴に開いて、ぼくは飛び上がる。見ると、三十代くらいの、日焼けした彫りの深い顔に、頭にはタオルを巻いたお兄さんが顔を出した。

「あれ？　○○は？　おまえ誰？」

ぼくは事情を説明する。お兄さんは隣りの人らしい。隣りはお土産品店だったはずだ。

「そか、じゃあしょうがないな。あ、おまえさ、ちょっと出てこいよ。面白いものみせてやるよ」

お兄さんはそう言ってニヤリと笑って、ぼくの返事を待たずに窓から顔を引っ込めた。

人見知りのぼくは戸惑ったが、無視ができるような度胸はないので粛々と従う。

一度、玄関から外に出て、家と家の間の通路を奥に向かう。するとすぐに突き当りが見えてくる。そこには何かの作業場のようなスペースがあって、作業台に片手をついたお兄さんが手招きをしている。

ぼくがおずおずと近づいて行くと、お兄さんは斜め下の地面を顎と目で指した。ぼくはそこを見て息をのむ。

——亀だ！

海亀がひっくり返って足をばたつかせている。

——大きい。一メートルを余裕で越えている。

「でかいだろ？　このサイズはめったに上がらないんだ。三日前に網にかかってたんだ。港からここまで持ってくるのも大変だったんだぜ」お兄さんは得意気に続ける。「こうやって裏返しておくとな、こいつら逃げられねーんだ。おい、あんま近寄るなよ、こいつらのヒレにはじかれたら大ケガだぞ」

ぼくは無意識に亀に歩み寄っていた。一歩下がる。

「どーだ?」お兄さんはニヤつきながら言った。

ぼくは顔を上げてお兄さんを見るが言葉なんて出てこない。「え?」これだけ言う。

「え? じゃねーんだよ、もっとよく見ろよ。ほら、顔とかよう」

——顔?

ぼくは少し移動して亀の顔を覗き込んだ。思わず大きな声を出す。

「あ! 泣いてる!」

亀の目から出た粘りついた涙が地面まで繋がっていた。

——亀が、泣いている

「おい、なんで泣いてるかわかるか? おい! こっち見ろよ。なんでこいつが泣いてるかわかるか?」

ぼくはやっとの思いで顔を上げて首を振る。

「それはな、俺がこれを見せたからだよ」

その手にはでかい包丁がにぎられていた。

お兄さんは、どーだ面白いだろう？　とばかりに包丁をひらひらと動かしてゲラゲラ笑った。

ぼくは引きつった顔でそれに応えた。

笑おうとしたがうまくいかなった。うまくいきっこなかった。もちろんお兄さんに抗議なんてできるわけがなかった。お兄さんだってそれほど悪意があるわけでもなく、それどころかおもしろいモノを見せてやったと思っている。抗議されたってポカンとするだけだろう。だから笑うしか無かった。

いや、そうではない。ぼくは、お兄さんに同調することによって、怖さ、悲しさ、弱さ、ぼくを覆い尽くしているあらゆるものから逃れようとしたのだと思う。でも、ここには逃げ道なんてなかった。だから立ち尽くすしかなかった。笑っているのか泣いているのかよくわからない表情で立っていた。ここから立ち去り、臆病者だと思われるのは嫌だという意地もわずかに残っていた。

そんなぼくにお兄さんは、ちょっとびっくりさせたお詫びのつもりなのか優しい口調で言う。

「おまえさ、明日もここ来いよ。そしたらさ、亀の肉やるから。亀の肉なんてどこにも売ってないからな、貴重なんだぞ。少しだけどな、分けてやる」

ナイフのように飛んできたその言葉をぼくは避けられるはずもなく、顔をより一層引きつらせ「もう帰らないと……」と歪めた口から絞り出すと、よろよろとその場からはなれた。

——ここにいたら自分がバラバラになってしまう。そう思った。

西里大通りに出てすぐにタクシーにぶつかりそうになって運転手に怒鳴られたけど無反応で歩く。そんなことに気を回すような余裕なんてなかった。頭の中で二匹の亀の姿がグラグラと揺れていた。

——見ていたんだな。あの穴の中の亀はずっとずっとぼくの心を見上げていたんだ。そして、また逃げている。亀の心を見たのに見ないふりをして逃げている。

喉が詰まった。

——ぼくは普通の子供なんだからどうしようもない。どうすることもできないんだ。

そう、心の中で繰り返しながら、ぐにゃぐにゃになった西里大通りをひとり歩いた。

今日は土曜日で、もうすぐ夕方なので人通りは多い。ぼくは交差点まで来て、道路標識の側で足を止めた。部活帰りの高校生の集団が持った大きなバッグにぶつかったりして通行の邪魔だったけど、動かずにじっとしていた。あの地下や作業場に落としてきた自分のかけらが戻ってくるのを待つようにそこを動かなかった。そんなものは二度と戻っては来ないのだけど、それは喪失ではないとわかるには幼すぎた。だから、今はただ、これ以上自分がバラバラにならないように、じっとしているしかなかった。

——今日は土曜日だし人が多い。だから、悲しくない。少しも悲しくはない——

墓の上の子供

誰が死んだのか、もう忘れていた。

ここに来る前に確かに聞いたのだが、この家のおじーだったたか、おばーだったたか、はっきりしない。なんでも、遠い親戚で、ぼくも赤ちゃんのときによくかわいがってもらったらしい誰かが死んだという。

その葬式に、五、六歳のぼくは連れてこられていた。

その家は港の通りから坂を登りきった開けた場所で旅館を経営している家で、ずいぶん参列者が多かった。

両親の実家の行事とは違って見知らぬ子供が多かった。最初はお互い警戒していて、こういう冠婚葬祭で出されるお菓子の中で、もっともおいしい、レモンの味がまったくしないレモン型のお菓子の割り当てを巡って、バチバチしていたが、そこは子供ですぐに仲良くなり、とりあえずお決まりの自慢大会が始まる。

時期はよく覚えていないが、夏休みの後だっただろうか、旅行先の話題が多かった記憶がある。

その中で覚えているのが本土の動物園に行った話で、ライオンがとんでもなくかっこよかったという自慢だった。本土に行くだけでもすごい事なのに、動物園にまで行ったとは羨ましくてしょうがなかった。

ぼくだってライオンぐらい見た事あると応戦したかったが、ぼくが見たライオンは沖縄本島の動物園のライオンで、そのライオンはあばら骨が浮き上がってやせ細ったライオンで、充血したうつろな目でぼくを見ていた。そんなライオンで本土ブランドのライオンに太刀打ちできるわけがないので、黙って聞いていた。あと、猿の話もあった。小さくて可愛い猿を肩に乗せて記念写真を撮ったという。

あの、学校の遠足がそこに決まると、小学校高学年以上のクラスでは「またあそこかよ、何度目だよ」という声が必ずと言っていいほど上がるでおなじみの、島民（特に市内の）に利用されまくった、宮古島でもっとも有名なピクニックスポットである植物園、その植物園で飼われていましかった。

た、通称「植物園のサル」もまだ存在していなかったかのように思う。なので、やっぱりうらや

ところで、その「植物園のサル」に関する新聞記事を数年前に読んだ。

それによると、三十年くらい生きた「植物園のサル」がひっそりと息を引き取ったという記事だった。驚くことに名前はなくて、ただサルと呼ばれていたそうだ。ときには、というか頻繁にからかわれたり、おどかされたりしながらも、こんなに長年に渡って宮古島の子供たちを楽しませていたのに愛称すらなかったというのはとても切ない話だ。そういえば一時期、デパート丸勝の屋上にいた猿もずっと「丸勝のサル」だった。昭和の宮古島の大人は動物に名前をつける習慣がなかったのだろうか？　それはずっとこの宮古島に動物園がないことに関係があるのだろうか？　動物＝家畜という意識が強すぎたのか？　よくわからない。

しかし、こんな宮古島でぼくは象やキリンを見たことがある。中学二年生の頃だったので、一九八〇年あたり、確か、当時の上野村に移動動物園が来たのだった。ぼくは大人の従姉に連れられて渋々行った。中二病真っ最中のぼくは、こんな子供が喜びそうな移動動物園などにウキウキで行くなど、超カッコ悪いの極致だと思っていた。実際行ってみると、思っていたほど象やキリンを見ても感情の揺れはあまりなく、ほっとしたような残念なような複雑な気持ちのまま、夕方で閉園間近の薄暗い仮設の檻の間をひとりフラフラとうろつき、ゴリラの檻前で動けなくな

る。

その檻はすごくせまくて、ゴリラの身体のサイズより少し大きいぐらいのもので、動き回ることなんてできそうもない劣悪な環境だった。そんなショーウインドーのような檻の中にそのゴリラはどっしりと座っていて、微動だにしない。そのあまりにも堂々とした姿にぼくは衝撃と感銘を受けた。受け過ぎて、中二病のぼくにはゴリラがこう言ってるように聞こえたのだ。

「こんなクソみたいな境遇でも俺は誇りを無くしてないぞ。少年、おまえはどうなんだ?」

その表情は少し笑ったように見えた。もちろんぼくは答えることはなく、ただ、ゴリラの何もかも見透かしたような眼差しに晒されながら突っ立っていた。

どれぐらいの時間か覚えてはいないが、移動動物園のスタッフではない、おそらく、上野村役場の職員であろう、ハリー・ベラフォンテそっくりなおじさんに通路の掃除の邪魔だからと、移動を命じられるまでゴリラと見つめ合っていた。

あれ? ゴリラの檻の前だけに《バナナ・ボート》を歌っているハリー・ベラフォンテだって?まさかそんなうまい話があるわけがない。きっとハリー・ベラフォンテ似というのは都合のいい記憶の捏造にちがいない。ハリー・ベラフォンテではなく、《男が女を愛する時》のパーシー・スレッジだったかもしれない。それほどにクセのあるおじさんだった。

ちょっと待て。

身動きでないようなキツキツの檻だって？　その中で微動だにしないゴリラだって？　え？　剥製(はくせい)？　三十七年経った今？


話を戻そう。

葬式は亡くなった方が大往生だったようで、泣いている人はほとんどいなくて、まるで静かな宴会のような雰囲気だった。

ぼくたち子供はどんどん仲良くなって、屋内での静かな遊びでは我慢できなくなって、外で遊んでもいいかという許可を求めた。誰か知らない大人が、海に行かないならいいという条件付きの許可をくれて、ぼくらは線香臭い空間から解放され、野外へと出た。夕方とはいえまだ太陽がまぶしく暑かった。ということは、夏だったのだろう。坂道から吹き上がってくる、湿ったぬるい潮風の記憶もそれを示している。

旅館は海沿いとはいっても、長い坂道を降りて少し歩かないと海へは出られない。しかもその海も大きな港から続く護岸工事が施工された海だった。

坂の上から眺める夕方の海は好い景色だったはずだが、それを楽しむような風流な心はもちろんまだない。遊べない海には用はないのだ。

ぼくたちは最初のほうこそ、旅館の前で遊んでいたが、持ち出してきたたまごボーロを投げて、口でパクッとする遊びにも飽きてしまい、いつの間にか、ぼくたちのグループに混ざっていた、生まれたときから俺たち友達だっただろ？　みたいな顔をした、旅館の近所の同世代の子供たちに先導されて、周辺の探検を開始した。

少し離れただけで、建物もなくなり、山の斜面から海を見下ろすような道一本だけになる。舗装はされているが、ガードレールのない道を男女十人ぐらいでキャッキャッ騒ぎながら進んだ。はじめて来た場所なので、テンション上がりまくりである。

しばらく行くと、海側の斜面にせり出すように、鉄筋コンクリートの家の屋根のような平べったい空間が目に飛び込んできた。家の屋根にしては丸みを帯びていて、鉄筋コンクリートにしては色も黒くて、すごく古そうな質感だった。誰かが飛び乗った。ぼくもつづく。うひょー！　と奇声をあげて飛び跳ねた。足を滑らせたら、二メートルほど下の地面に落ちる。こういう少し危険な行為は楽しい。道路を振り向くと、地元の子供たちの引きつった顔があった。でも、楽しそうなぼくたちを見てすぐに笑顔になり次々と飛び乗ってきた。ぴょんぴょん跳ねる。意味もなく吠える。もちろん全員男の子である。

「あんたたちっ！」

鋭い声に、一斉に振り向く。遅れてきた、三つか四つ年上の女の子が腰に手を当てて、仁王立ちになっていた。

「お墓の上で遊んだらダメよっ！」

ぼくらは顔を見合わせる。――え？　お墓？　ここお墓なの？　怯んで一瞬動きを止めたが、勢いがついてしまったぼくたちは止まらない。――関係ないもんねー。と足をドスンドスンと踏み鳴らした。「こんな大きいお墓なんてあるわけがないよ！」非地元の誰かが言った。まだ怯んでいた地元の子供たちもバカなぼくたちにつられるように続く。

ドスンドスン。

「バチが当たるよっ！」女の子はぼくたちに指を突きつけた。その後ろの女子――非地元の女子――も一様に恐い顔をしている。

ぼくたちはまた怯み、動きを止めた。こういう反応だったことから考えると、バチという言葉の意味は理解していたようだ。

「はぁ？　そんなの恐くないもんねー！」と誰かが言って、他の誰かがズボンを下ろしてお尻を見せた。それを見たぼくは悔しかったので、横チンをしておく。

それで女の子たちの怒りは頂点に達したが、お墓の上にいるぼくたちには手は出せない。石も投げられない。そんなことをしたら、バチが当たる。ただ、頬をふくらませ、その場を去るしかなかった。

その後、ぼくたちは思う存分遊び（とはいってもすぐに飽きてしまったので、時間にしたら数分だったと思う）、次の場所に移動する。そして、日も暮れてきたので、旅館まで戻ることにする。

どのタイミングでひとりになったのか覚えていない。

迷ったわけではない。でも誰もいない。薄暗い道に風が吹いていて埃が巻き上がっている。寒い。もしかしたら、夏ではなく暖かい冬の日だったのだろうか？　ぜんぜん覚えていない。

ぼくは、旅館の前の道路で、ひとり立っていた。

——みんなどこだ？　いた。

前方二十メートルほど先の曲がり角に、非地元の子供たちが数人いた。ぼくはそこに向かって駆け出した。

ドスン！

ぼくは誰か大人の足に正面からぶつかった。よそ見をしていたわけじゃない。ちゃんと真っ直ぐを見て走っていた。ただ、ぴゅっと風が吹いて、それにぼくは包まれたから前が一瞬見えなくなったのだ。

ぼくはぶつけた鼻を押さえた。目の前に黒とグレーの細い格子柄のズボンが見えた。

ああ、やってしまった。謝らないと、と顔を上げた。だが、ぼくは謝ることができずに、一瞬間をおいて、その場から逃げ出した。全力疾走で子供たちのいる場所に走りこんだ。それから家に帰るまで一言も口を聞かなかった。

ぼくが謝らずに逃げた理由は、ぶつかった男の人が、タキシードのような服を着ていて、シルクハットをかぶっていて、片方の目にレンズをはめるような眼鏡をしていて、手には杖を持っていて、杖を持っているわりには若々しく、帽子のわきから見える髪の毛は黒くて、鼻梁が美しく通っていて、その鼻の下にはかなり立派な黒い髭がはえていて、口は真一文字に結ばれ、おしろいでも塗ったかのような真っ白な顔色で、果実の腐ったような不思議な匂いがしていて、レンズの向こうのするどい目でギロリとぼくを睨んだからではない。

冷静に（といったらおかしな表現だが）考えたら、あの人はこの世の人ではなく、服装から見ても昭和の人でもなく明治時代くらいの相当なお金持ちで、おそらく、あの大きな墓の主で、墓の上で遊んだぼくを怖がらせて、お灸をすえてやろうとやってきた。つまり幽霊なのだ。などと思い至るほどぼくの頭は良くはない。この考えに至るのはずいぶん年月が経過してからのことだ。小学校高学年だったと思う。ヘタすると中学生になってからだったかもしれない。そういえば、あのときのあれは何だったんだろう？　と思い出したときに出てきた考えである。もっと思い出そうとして、薄っすらと映画の看板があった記憶が蘇って、ああ、あれにぶつかっただけなのかもしれないとも思った。怪異なんて結局そんなものだろうとカッコつけたがる年頃でもあった。

あのとき、ぼくが逃げた理由は、そんなことではない。

泣いていたのだ。

あの男の人の赤黒い血で潰れた、もう片方の目から涙が一筋流れていた。その涙は透明ではなく、赤い涙ではあったけど、確かに泣いていたのだ。

——大人が泣いている。

ぼくは男の人の容姿とか幽霊とは関係なく、生まれて初めて見る、大人が、しかも大の男が泣く姿に衝撃を受けた。そういうことはありえないもので、あったとしたら見てはいけないものなのだと思った。それこそぼくにとっては怪異で、恐ろしくて、人に言うことも憚られた。

ぼくが幽霊など、そういう不思議なものを見た経験は、あれが唯一といってもいい。それだけに記憶はいやに鮮明だ。とくに腐った果物のような甘酸っぱいにおいはよく覚えている。本当にあの男の人があの墓の主なら、いまさらながら申し訳なく思う。

お墓の上で騒いだり、お尻を出したり、横チンしたりしたバカの子供たちを許して下さい。

ごめんなさい。

琉映館3D映画事件

現在、3D映画はすっかり定着しているようだが、その歴史は古く、一八〇〇年代には原理的なものは発明されていて、時折、思い出したようにブームになり廃れていくということを繰り返していたらしい。

一九七三年頃、その何度目かのブームが宮古島にもやってきた。

しかも、対象となる映画は当時の子供たちの娯楽の頂点に君臨していた「東映まんがまつり」で、その中のひとつである異形のスーパーヒーロー「人造人間キカイダー」だという情報が子供たちに伝わると、小学校低学年のぼくたちは狂喜乱舞した。

当時、宮古島でテレビといえばＮＨＫしかなく、民放なんてない時代である。民放が見られるようになるのはこれより数年後、島にケーブルテレビが開局して、そこが日本テレビ、テレビ朝日、テレビ東京の番組を数週間遅れで流すようになってからで、民放の同時放送はさらに十年以上も経ってからで、この時代、ヒーロー物やアニメを楽しむためには映画しかなく（ビデオの一般化もまだまだだった）、そういう事情もあって、ぼくたちの期待度は本土や沖縄本島などの子供たちとは比べ物にならないほど高まっていたのだ。

上映する映画館は小便の香り漂う空間でおなじみの宮古琉映館。

ぼくたちは街の子供という地の利を生かして、朝早くから琉映館の前に並び、映画館の真ん中あたりのいい席に陣取ると、普段なら一秒も一コマも逃すまいと目を皿のようにして見るマジンガーZなどのアニメを心ここにあらずで見終える。

そして、ついに飛び出す人造人間キカイダーが始まる。飛び出すのである、スクリーンから、あの顔面半分機械むき出しのキカイダーが。当時、ダントツ人気ナンバー1の。いや、それはぼくの中だけか？　あの当時、ユル・ブリンナー主演のこれまた顔の半分回路むき出しのロボットのカウボーイが載っている『ウエストワールド』のポスターが異常に好きだったし。そういえば、そのポスターを見るためだけに上映予定館の宮古国映館に行ったりしていた。そのポスターは上映がまだ先らしく館内に貼ってあったので、外から首だけ入れて覗き込んで怒られてもまた行った。映画本編は見た記憶が無いので上映は無かったかもしれない。そういうことはたまにあった。『マッドマックス』の一作目もそうだったような記憶がある。あのポスターもかっこよかった。

話を戻そう。

ナンバー1だったかはともかく、キカイダーが人気があったのは確かなはずだ。だから3Dバージョンが作られたのだ。

ぼくたちは小便の香りが混じる暗闇の中で、固唾を飲んでスクリーンを見つめた。そして、そこに映し出された文字列に映画館全体が騒然となる。

〝うけつけでもらった、りったいメガネをかけてみてね〟

こんな感じの文章だったと思う。

「は？　メガネ？　りったい？　もらってないけど？　おまえもらった？」

「いや、もらってない」

そこかしこでそんな会話がかわされる中、飛び出す人造人間キカイダーが始まる。

もちろん裸眼で見ても飛び出さない。それどころか、原色っぽい色合いの映像が何重にもなっていて、見られたものではなかった。

「きっとオレらがもらい忘れたんだよ！」

誰かが立ち上がって叫ぶように言った。

「そうだ、もらいにいこう！」

「うん！　行こうぜ！」

数分後、そんな子供たちで琉映館のロビーは溢れかえる。五十人はいただろうか。殺気立っていて、子供らしからぬ怒号が飛び交う。

「メガネを出せ！」

「出せよ！　早く出せ！」

「りったいのだ！」

「そうだ！　りったいを出せ！」

その間も飛び出す人造人間キカイダーのフィルムは回り続けている。一時停止なんて出来ないし、もちろん、巻き戻しも出来ない。

必死の形相の子供たちに詰め寄られた、もぎりのお姉さんはすっかり怯えてしまって、おろおろするばかりでなにもできない。

子供たちの興奮が頂点に達した頃、奥の事務所からパンチパーマの大柄の若いお兄さんがのそっと現れ、荒れ狂う子供たちの前に仁王立ちになる。

「メガネはない！　戻れ！　散れ！」

お兄さんはそう叫んで、でかい手をシッシッと動かした。

ぼくたちは戻るしかなかった。

こんな恐ろしい風貌の大人に抗うという考えは一ミリも持ちあわせてはいない。

それでも、メガネを要求する声をあげる強者もいたが、お兄さんにひと睨みされると、目を伏せ打ちひしがれて、ぞろぞろと小便臭い暗闇へと戻る葬列に加わった。

ぼくたちは席へ戻り、飛び出す人造人間キカイダーと思われる映像を見た。

ヤバイ薬のバッドトリップのような映像でもキカイダーはキカイダーなのだ。

――もしかしたら奇跡的に焦点が合ってキカイダーが飛び出してくるかもしれないじゃないか！　そう思っていた。

こんなものを見るのはやめて、テレビで普通のキカイダーを見ればいいと思うかもしれないが、そんなのはマリー・アントワネット的な考えだ。だって、家のテレビはＮＨＫしかやっていないのだから！　これを逃したら、次のまんがまつりが来るまで、あと数ヶ月は待たなければならない。数ヶ月なんて子供時間でいえば永遠にも等しい。お金持ちなら週末に沖縄本島に飛行機で飛んで、民放を見られるかもしれないが、あいにくぼくたちはもれなく貧乏で、いや、当時は貧乏が標準なので普通の一般家庭で、本島へは夏休みに行けるかどうかだった。だから、ぼくたちは簡単にあきらめるわけにはいかない。目を細めたり逆に見開いたり首を激しく上下左右に動かしたりしてスクリーンを見た。それが効果無しだとわかると、微動だにせず、しかめっ面で見続けた。

しかし、映像はとても見続けられるようなものではなく、当然のように気持ち悪くなる。中には、乗り物に弱いのか、もともと風邪だったのか、首を振りすぎたからか、吐く子供も出てきた。

しかし、こんな状況の中でも、誰ひとり席を立つ者はいなかった。子供たちは、すごい形相で必死にスクリーンを見続けた。バッドトリップな映像に頭をぐらぐらさせ、大人の理不尽な仕打ちに心を縮こませ、３Ｄ映像が反射して、極彩色にきらめく毒々しい涙で両頬を濡らしながら、ぼくたちは、奇跡を待っていた。

素晴らしい日曜日

ぼくの寝ぼけた頭を一〇〇%覚醒させるような歌だった。

朝のＮＨＫのニュースが、イギリス人が歌う《ビューティフル・サンデー》という曲が大ヒットしていると伝えていた。流れた時間はおそらく数秒。歌詞の意味はもちろん、小学四年生のぼくにはタイトルの意味さえ理解できなかったが、その英語の曲は一瞬でぼくの好きなものランクの上位に踊りでた。当時、英語の曲部門の二位につけていたアメリカのバンド、ベイシティローラーズのあの曲を超えたかもしれないと思っていた。

当然、学校ではこの話題で持ちきりだろうと思っていたが、違っていた。誰も知らなかった。ニュースを見たやつはいたが、それほどでもない反応にぼくはがっかりした。もっぱらの話題といえば、相変わらず「チャップリン小劇場」だった。

一九七六年にＮＨＫで始まった「チャップリン小劇場」は衝撃的で、民放のない宮古島の少年少女たちの心をがっちりと捉えた。わしづかみだった。クラスの男子の半分はチャップリンのモノマネが出来た。ステッキをついて異常なガニ股で歩くあれだ。

その後も、「バスター・キートン小劇場」「ハロルド・ロイド小劇場」と続いたが、中でももっとも衝撃的だったのはバスター・キートンだろう。とんでもないアクションをまったく表情を変えることなくやってのける様は狂気としか言いようがなかった。それでもこっちは爆笑で、悲壮感を伴う不思議な感動さえ覚えた。当時のぼくらの最大のヒーローはウルトラマンでも仮面ライダーでもなく、チャップリンであり、キートン、ロイドだった。今思うと、かなり不思議な現象だったと思う。サイレント映画時代の大昔のアメリカの喜劇役者を、一九七〇年代日本の南端にある小島の子供たちが崇め奉っていたなんて。

話を戻そう。《ビューティフル・サンデー》である。

ぼくは必死で、《ビューティフル・サンデー》がどんなに素晴らしい歌なのかを力説したが、関心を向ける者はいなかった。それはそうだろう。聴いたのはわずか数秒なうえに、タイトルさえおぼつかない始末なのだから。それに極度のオンチだ。だが、そのヤギの交尾のような歌声に耳を傾け、辛抱強く曲の判別をしていた者がたったひとりだけいた。

その女の子はおそろしく勝ち気な女の子で、いじめられても絶対に泣かない子だった。クラスにはYというモンスターみたいなやつがいて、そいつは女子なら分け隔てなく、誰彼構わずいじめて泣かしていたが、あの、男子がドン引きするようないじめにも、涙を見せることはなかった。髪をジョキジョキ切られようが、雑巾の水をランドセルに流し込まれようが泣かなかった。

「うちにあるよ。そのレコード」

女の子は少し恥ずかしそうに言った。らしくないなとは思ったが、ぼくはすぐに嬉しくなって飛び上がって喜んだ。

貸してとは言えなかった。そこまで親しくはない。そのかわり、歌ってと言った。きっとぼくよりうまいはずだし、他のやつらにも聴かせたかった。《ビューティフル・サンデー》がどんなに素晴らしい歌なのか少しでも知ってもらいたかったし、女の子ともこの素晴らしい歌を共有、共感したかった。でも、女の子は「いやよ」と一言残し、立ち去ろうとした。ぼくはあわてて引き止め、思わず言ってしまった。

「じゃあ、聴かせてよ、レコード」ろくに口をきいたこともない女子に。

「いいよ。それじゃ明日うちに来て。土曜の午後はピアノのレッスンがあるから」

まさかの展開だった。ぼくは一瞬、固まってから、問題点を一つ挙げた。

「おまえの家知らないよ」

女の子は首を傾げて頬に指を当て、少しだけ考えると、すぐに解決策を導き出す。

「Kが知ってる。一緒に来たらいいよ」と、廊下でチャップリンのモノマネで十メートル競走中のKを指差して、さっさと行ってしまった。ぼくの数倍の頭の回転の速さだ。話しかけてきたときの、恥ずかしげなあれはなんだったのだろうと思った。

翌日の午後、ぼくとKは女の子の家の門の前で、どうしたらいいかわからず、ただ突っ立っていた。

Kは女の子と親しいわけではなく、家が同じ地区にあり、家庭訪問の際に先生を家に案内したとき女の子も一緒で、先に女の子の家に寄ってから自分の家に行ったため、彼女の家の場所を知っているというだけだった。この話(《ビューティフル・サンデー》を女の子の家に聴きに行く)をしたときには、――イヤだよ。よく知らないし、それに、あいつなんだか恐いんだもん。と嫌がったが、強引に説き伏せここまでやってきた。

――で？　どうすればいい？　門入って玄関開けて呼ぶの？　なんて呼べばいい？　さん付ける？

ぼくたちはいつまでもヒソヒソと話し合った。女の子の家はなんというか、お金持ちの家なんだけど、そういうケバケバしさはなくて、なんだか洒落た感じだった。アメリカ風といったらよいだろうか。しかし、そんなに大きいというわけではない。門のすぐ向こうに洒落たドアが見える。そして、まったく人の気配がなかった。それも、ぼくたちに声をかけるのをためらわせた。

Ｋは本来なら、強引に連れてこられたのだから、そんなのおまえが考えろとか、やっぱり帰るとか、ぼくを突き放すこともできたが、バカなのでそんなことに思い至らない。ぼくのほうも突き放される可能性なんて微塵も頭をよぎることもないぐらいのバカなので、なにも決められない。

——どーする？　どーしよ？

突然、ガチャリとドアが開いて、ぼくらは驚く。女の子が顔を出して、イラついた表情でぼくたちを見ていた。

「よ」ぼくは反射的に手を軽く上げた。

「いいから、早く入って」

「う、うん」

バカ二人はおずおずと、洒落た家へ入っていった。

家の中はひんやりとしていて、薄暗く、やはり洒落ていた。あの当時の家の中はみんな薄暗かったような気がする。電力事情が関係していたのだろうか？　わからない。そんな気がするだけで、違うのかもしれない。

別世界だなとぼくは思う。うちのあばら家とは大違いだ。

おじゃましまーす、と靴を脱ぎ、洒落たリビングに向かう（と書いてはみたが、お邪魔しますと言って他人の家にあがるなどという常識があったかどうか疑わしい）。女の子は、落ち着きがなくキョロキョロしているぼくたちに「誰もいないから大丈夫よ」と言いながら先導した。

リビングには洒落たソファーの向こうにでかいステレオがあって、ぼくたちはその前にぺたりと座った。裏に面したリビングの入口から、青々とした芝生の庭が見えた。

女の子はステレオのラックに手を伸ばすと、そこからレコードを一枚抜き取る。それを見ていたぼくは、あっそうか、レコードを聴きに来たんだと思い出す。

「これでしょ」

女の子は少し恥ずかしそうにぼくに見せてから、中のレコードを抜き取り、ジャケットをぼくに渡し、自分はステレオにレコードをセットする作業に入る。Kのほうはといえば、最初からまったく《ビューティフル・サンデー》なんかに興味がないので、ソファーにもたれて、ちんちんをかいている。

そういえば、ぼくたちがレコードを聴いていたあいだKは何をしていたのだろう？　そのへんの記憶がまったくない。かなり長い時間だったのだが、さぞや退屈だったに違いない。いまさらながら、申し訳なく思う。

けど、長い長い音楽鑑賞の後（あるいは途中）、女の子の母親が帰ってきて、ぼくとKは、そ

の上品で気さくな接し方に、ポーッとなり、差し出された、めったにお目にかかれないアイスコ
コアで心を射抜かれ、庭でも遊ぶように促され、キレイな芝生の庭で三人転げまわっていると、
ナイスミドルとしかいいようのない容貌の父親も帰ってきて、ぼくとKが異常に興味を示してい
た手押し式の芝刈り機の仕組みを、バカにもわかるように辛抱強く懇切丁寧に説明してくれたり
したばかりか、芝を少し刈らせてもらい、ぼくとKはその機能美にメロメロになったりしてい
た。

　こんな大人たちに会ったのは初めてで、新鮮な驚きがあった。なので、Kにとっても悪い日
じゃなかったはずだ。

　話を戻そう。

《ビューティフル・サンデー》である。

　ぼくは女の子に手渡されたレコードジャケットを両手で持って、途方に暮れていた。

　——これは誰だ？

　どう見ても日本人である。マッシュルームカットっぽい髪型がイギリスといえばそうだが、そ
の他すべての要素が、この男が日本人であることを示している。

――これは誰だ？

田中星児である。

田中星児が、紅白のストライプのピチッとした長袖のシャツで、腰に手を当てて、少し眩しそうな表情で、どこか斜め上を見ている。すごくかっこつけているようだが、まったくかっこよくはなかった。この後、ぼくが、この紅白男があの田中星児だと認識できたのかは覚えていない。田中星児は、「おかあさんといっしょ」の初代の歌のおにいさんで、知ってはいるはずだが、少なくとも、見せられてしばらくの間は誰だかわからなかった。数日後、日本語版も大ヒットしているという情報は入ってきたが、このときはわからない。女の子が少し恥ずかしそうにしていたのは、持っているレコードが英語の本家ではなく、これだったからなのだろうか？

――ぼくはどーしたらいいのだろう？　この状況を。

「そうそうこれこれ」

話を合わせることにした。同じ曲には違いないし、日本語版もなかなかいい感じだし、なにより歌える。ぼくが好きな英語の曲部門ダントツの一位の《イエスタデイ》みたいに、耳で聴きとって、カタカナで書き出さなくてもよいのである。イエスタデー、オーマイチョボージンゾファーロウェーという無茶苦茶な英語で口ずさまなくてもよいのである。

――うん、これでいい。それはそうと、これはなんだろう？

ぼくはラックから一枚のレコードジャケットを抜き取る。すごく見覚えがある超クールな五人のお兄さんたちがこっちを見ている。そしてぼくは、うわ！　と声を上げる。女の子が驚いてこっちを振り向く。

「これって、あれじゃない？　ベイ、ベイ」

実はグループ名もうろ覚えだった。

「そうよ、ベイシティローラーズ」

ぼくはもう一度、うわーと声を上げる。

「知ってるの？」

「うん、ＮＨＫのヤングミュージックショーで何度か見たよ。アメリカのバンドなんかが出る番組。この前は、なんかだいず化粧した人が口から血出したり火吹いたりしてた。怖いけど、目が星の人なんかはカッコよかったよ。あ、あれは違う番組だったかな。とにかくすごかったよ」

「キッス」

「え？」

「その火を吹いたりしてるバンドの名前」

「へー」

「聴く？」

「キッス?」

「ベイシティローラーズ」

「もちろん聴く!」

ぼくたちはこの後、何度も何度もベイシティローラーズを聴いた。あの曲が、《セロリナイ》ではなく《サタデーナイト》だともわかった。もうひとつ知っている曲も《二人だけのデート》という曲だとわかった。新しく、《バイ・バイ・ベイビー》という曲も教えてもらった。それに、このバンドがアメリカではなくイギリスのバンドだということも。

いろいろ教えてもらった後、ぼくは、女の子が、もう一回聴く? というサインである指を一本立てる仕草に、うんとうなずくぐらいのコミュニケーションしか取らず、曲にノリノリになって身体を揺らしたり首を振ったりするわけでもなく、ましてや歌うわけでもなく、ステレオの前で身動きもせず、ただ、じっとして聴いていた。第三者から見れば、ケンカでもしたのかと思うのかもしれないほど、ぼくらは無口だったし、笑ったりもせず、深い深い水の底に住む水生生物のように寡黙で無表情で静謐(せいひつ)だった。

でも、楽しかったのだ。少なくともぼくはものすごく楽しかった。

そう、あの日は間違いなく、すば、すば、すば、素晴らしいサンデーだったのである。

それにしてもあのときKは……。

記憶 Ⅱ

パイナガマ・ヒーロー

——中学一年生にもなってウルトラマンでもないだろう。

ぼくたちはそううそぶいていたが、結局、パイナガマ前の広場に集合していた。

——暇すぎて行くところがなかったからしょうがない。という、誰も訊いていない理由を胸に置きながら。

一九七九年頃、まだパイナガマビーチが宮古島の中で、最も有名で人気があった時代の話である。

当時はパイナガマビーチとも呼んでおらず、ただのパイナガマで、八十年代の初頭まで、ぼくが覚えているかぎりだが、シーズンの週末には家族連れの海水浴客で溢れかえっていた、超ド定番の海水浴場だった。ぼくはそこで小学校時代にはハブクラゲに刺されてひどい目に合ったり、高校に入っても、友人がウインドサーフィンをやっていると聞いて、見物に行ったけど、我慢できなくなって、パンツ一丁でやらせてもらって、意外とドンドン進むので、調子に乗っていたら戻れなくなって、泣きそうになりながら助けを求めて、迷惑をかけたりしていた。パンツ一丁で。

そんなパイナガマ前の広場では、ときどき子供向けイベントが開催されていて、二年前はゴレンジャーショーだった。もちろんぼくたちは飛んでいって、かぶりつくように見た。さすがに小学五年生なので、中に人が入っていることは知っていたが、モモレンジャーの中身が頭がツルピカハゲ丸のチョビヒゲのおっさんだと知って深く傷つき、もうヒーローショーなど見ないと心に誓っていたが、また来てしまった。中学生なのに。

ぼくは年齢的に自我が肥大化して、恋愛や社会との関わりなどをできるだけ面倒くさい方向に考え始め、実像と虚像の間を行ったり来たりしてもがき苦しむ、振り子の季節を迎えつつあったが、いわゆる思春期にはまだ半歩も踏み入れてはおらず、ただ、なんとなく中学生という役を演じようとしていた。つまり、中学生の皮をかぶった小学生だったわけで、このイベントも正確にはウルトラマンのショーではないと知っていながら、わざとこううそぶいた。

——中学一年生にもなってウルトラマンでもないだろう。

実際は宮古島ではほとんど知られていないマイナーなヒーローたち数名のショーで、その中で知っているヒーローといえばファイヤーマンくらいだったが、それさえ知らない風を装った。実はシルバー仮面も知っていたが、自分にさえウソをついていた。そういう知識は主に雑誌だったので、それが動いているのだから、心躍らないわけはなかったのだ。

暇だったのはウソではなくて、まだ部活にも入っていない中学生の島の暮らしは暇で暇でしょうがないのは確かだった。

そういうグループは、ぼくたちだけではなく、こっちと同じようなトレーパンにトレーシャツ姿のグループがいて、違う中学で初対面にも関わらず、すぐに仲良くなった（ジャージなどという呼称が定着するのはまだ一年以上も先で、当時はトレーパンにトレーシャツ呼びだった）。

そのグループの中には女の子もいたが、背が高くて色が黒くて、長いマッチ棒みたいで、よく見ないと女の子だとはわからない子だった。

ぼくたちトレーパン軍団はショーが始まるまでまだ時間がかなりあったので（暇すぎて早く来すぎたのだ）、会場に隣接しているA＆Wから、なけなしの小銭を出しあって買ってきた、スーパーフライ（いわゆるポテトフライ）のSサイズ二つを分けあって食べ、激ウマなオレンジジュースの同じくSサイズを回し飲んだ。

ルートビアのほうがよかったとぶつぶつ言っていたヤツがひとりいたが、全員ガン無視だった。

――あんな、ケロリンをコーラに大量混入したような液状のモノがうまいわけがないだろう。という暗黙の共通認識があった。言葉に出すと子供だと思われてしまうので、だまって無視したのだ。

――きっと、ルートビアをがぶがぶ飲んでる中学生がいるとしたら強がって飲んでいるにちがいない。と思っていた。

数年後に、同系の飲み物のドクターペッパーが死ぬほど好きになるとは、このときは知る由もなかった。


ヒーローショーが始まり、ぼくたちは最後列よりもっと後ろの方で見た。

――暇だから来たのだ。べつに積極的に見に来たわけではない。という空気を出しつつ、心躍らせて見ていた。

ショーが終わり、ちびっ子たちが親に連れられて帰り支度を始めた頃、数名のヒーローショーのスタッフらしき大人が、ぼくたちの元へ駆け寄ってきた。

――怒られる。理由は知らないが、とにかく怒られる。そう思った。

二年前のゴレンジャーショーで、舞台裏を覗いたのがバレたのかと考えたりしたが、そんなわけはなかった。

そのスタッフは、あの背の高いマッチ棒みたいな女の子の腕を取って、こっち来てと強引に引っ張って行く。女の子はわけがわからないまま引っ張られて行き、ぼくたちトレーパン軍団もぞろぞろとついて行った。

舞台裏まで行って、やっとその理由が判明する。スタッフが女の子に言っている声が聞き取れた。

「もう一種類ヒーローのコスチュームがあるのだが、サイズが小さくて着れる人間がいなくて困ってる。キミが着て、宣伝のトラックに乗ってくれないか？　演技をする必要はないから。ここから西里大通りまで行って帰ってくるだけだから」

そう一気にまくし立てたリーダー格らしきスタッフのおじさんは女の子の返事も待たず、コスチュームを着せる準備をし始め、「ここに足入れて」と足をつかみ、靴を脱がせ、強引にトレーパンの上から着させる。

他の若いスタッフ同士の会話から、前日のショーでも細身の中学生男子が同じ目にあったらしいと知った。

おそらく、ショーの最中からコスチュームにあった体格の人間を物色していたのだろう。

そして、このヒーローはジャンボーグAという赤と銀を基調にしたヒーローだということも知った。まったく知らないヒーローだった。

女の子はもはや嫌とは言えず、なすがままである。今の時代なら問題になっていた事案かもしれない。そのコスチュームはトレーパン、トレーシャツの上から着たため、背中のチャックは閉まらなかった。ぼくたちはコスチュームを大柄の女性スタッフにグイグイ着せられる様子を遠巻きに笑いながら見ていた。

「すげーカッコ悪い！」

「運が悪いヤツ！」

「オレじゃなくてよかった！」

そう口々に言いながらゲラゲラ笑った。だが、中学生の皮の下の小学生はそんなこと微塵も思っていなかった。

——うらやましい！　なんでオレじゃないんだ？　オレもあのかっこいいコスチュームを着てポーズを決めてみたい！　ヒーローになりたい！

本当にうらやましくて死にそうだった。

そんな物欲しげなぼくたちをスタッフは舞台裏から追い出した。

しょうがなく広場の入口に移動する。

しばらくすると、一台の軽トラックが道路に出てくる。ぼくたちはその荷台を見てまたゲラゲラ笑う。

荷台ではファイヤーマンなどのプロのヒーローたちはかっこいいポーズをつけて立っていたが、あの我らのジャンボーグAは荷台の奥で運転席側に背中をもたせかけ、両足を投げ出し、両手はだらりと横に垂らして、うつむいて座っていた。

「なんだあれは？　あれじゃ怪獣に負けたみたいだろ」

「ほんとだ、ヒーローの死体だ、あれは」

ぼくたちは腹を抱えて笑った。

軽トラックはのろのろと道路を進んで、ぼくたちから遠ざかる。それを見ながら、誰かが歌い出し、全員で合唱になる。

「ドナドナドーナードーナー、ヒーロー乗せてー、ドナドナドーナードーナー、荷馬車はゆーくーよー」

爆笑しているぼくたちから軽トラックはもっと遠ざかり、曲がり角にさしかかり、見えなくなるその刹那、ジャンボーグA、いや、マッチ棒みたいな女の子が、西陽に反射してキラキラと光る銀のマスクに覆われた顔をゆっくりと上げる。

そして、だらりと垂らしていた赤い手袋の右手をそろりと持ち上げ、ぼくたちに向けて、弱々しく振った。

その手は物理的な距離を越えて、ぼくの胸をそっと突き、子供の世界の終わりを告げる。

あの瞬間、ぼくは振り子の季節に入ったのだと思う。

友よ、信じられるか？　世界はいまだに終わっちゃいない！

心、ぽとり

「ガシャンガシャンってすげー音だった。そりゃもうすごかった！」

誰かがぼくに、興奮気味にまくしたてている。

「もう少し早く来ればよかったのに、ばかだなあ」

そいつはそう言って、優越感に浸っているようだった。

中学一年生のぼくは一瞬、困惑の表情を浮かべ、それを打ち消すようにこう答えた。

「おお、マジか、ガシャンガシャンって？　やベーな。すげーな」

いかにも、見逃したのは一生の不覚だという顔をした。

本心からそう思っていたのかはわからない。もうすぐ中学一年生も終わるというのに、急激に変化し続ける環境の中で、ぼくは、まったく変わらない自分に戸惑い気味で、自分はどういう立ち位置で、どういう人間でいるべきかと考えていた。環境の変化に沿って意識的に自分も変化していかなければならない。大人という何者かにならなければならないという根拠なき強迫観念というか、義務感みたいなものを感じていた。人並みに。

自我が肥大化していたのか、収縮していたのか、その両方なのかわからない。ともかくも、ぼくは、あの、人生のうちでもっとも醜くも神々しい、中二、もしくは厨二の時期に片足を突っ込んでいたのだ。

ぼくが、成らなければならないと思い込んでいる大人の中学生は、少し不良的側面も持ち合わせていなくてはならず、大人なのでちょっとやそっとでは動揺してはいけない。ということはつまり、ツッパリを気取ろうとしていたのだろうか?

わからない。

思えば、あの頃はまだ「ツッパリ」(相撲の技じゃなくて不良のほう)という言葉はまだ生まれていなかった。いやあったんだろうけど、まだ浸透はしていなかった。いや、全国的に浸透していたのかもしれないが、少なくとも宮古島の、ある中学校の一年生の中ではまだツッパリとは相撲の技のほうだった。だって、ツッパリバンドの横浜銀蝿が《ツッパリ High School Rock'n Roll》でブレイクするのはもう少し先のことだからだ。

ぼくが《ツッパリ High School Rock'n Roll》を初めて聴いたのは、二年生の頃、ある同級生の家でだった。何かの帰り、その道すがら、その同級生がこの近くに引っ越したと同行していたやつに聞いて、教えてくれたそいつと二人で寄ってみたのだった。

意外にも明るく迎え入れてもらい、その家のあまりの小ささにぼくは衝撃をうけた。いや、大きさは普通だ。どこにでもある2DKぐらいの小奇麗なアパートだ。だが、彼の家族が前に住んでいたのは、まさに丘の上の邸宅で、その格差たるや……ぼくは、身体がカチカチに固まって、動きもしゃべりも異様にぎこちなくなったことを覚えている。

「ひ、引っ越したんだ……」というのが精一杯だった。

彼はそれに、「ああ、オヤジが仕事しくじってよ。このざまよ」と、笑って、おどけてみせた。ぼくにはそれがひどく大人びて見えて、少しだけ眩しく感じた。

「そんなことよりよ、聴かせたい歌があるんだ」と、彼はニヤリと笑い、普通のラジカセ（引っ越す前は高級コンポだった）に入っていたテープをキュルキュルと巻き戻して再生ボタンを押した。流れてきたのが、《ツッパリ High School Rock'n Roll》だった。AMラジオから録ったのだろうか、音質はあまりよくなかった。

「これが今、東京で流行ってるんだ。かっこいいだろう？」

ぼくはそれにぎこちなくうなずく。

大量の荷物が雑然と積まれ、座る場所もない小さなスペースで、ぼくたち三人は立ったまま、横浜銀蝿の曲をもう何曲か聴いた。なかでも彼が気に入っていたのは《しりとり Rock'n Roll》で、聴いてゲラゲラ笑っていた。ぼくはなにがおもしろいのかよくわからなかったし、その後もハマることはなかったけど、笑った。それは付き合いで笑ったのでない。彼が本当に心から笑っていて、それがうれしくて笑ったのだ。ああ、大丈夫なんだと単純に思った。

実際、彼はその後、普通に中学校に通学して高校に進学し卒業して就職した。高校時代はずっとバイトをしていたから、苦労もあったと思う。

ぼくが横浜銀蝿にハマらなかった理由は、こんな状況で初めて聴いたからだろうか？　それとも、当時、日本のバンドでは、横浜銀蝿とはかなり毛色が違うRCサクセションに一年近くもドハマリしていたからだろうか？　ハマっていたとはいっても、NHK－FMからテープに録った《雨上がりの夜空に》と《トランジスタ・ラジオ》を、繰り返し繰り返し繰り返し繰り返し聴いていただけだったが。高校に入ってからはアルバムを買ったり、貸しレコード屋から借りてテープにダビングしてかき集めるのだが、当時はなぜかレコードを買おうとは思わなかった。

それにしても、宮古島の貸しレコード屋、今はなき「スカイ」のRCサクセションのラインナップの充実度は尋常じゃなかった。最新版はもちろん、RC初期の「ハードフォークサクセション」や「シングルマン」まであった。

今現在、インターネットが音楽文化の変遷の中で、最もドラスティックなツールのひとつに位置づけられているように、当時の貸しレコード屋もまた、音楽文化の広がりという点において、かなり重要なシステムであったのはまちがいなく、両者はその性質上、著作権の侵害という問題を抱えてはいるけど、ぼくたちのような貧乏人というか、庶民の子供の味方だったのだ。

ぼくがその貸しレコード屋を中一～中二にかけての間、どれだけ利用していたかどうか覚えていないが、当時はこの二曲だけで満足していて、RCの他のものは買おうとも借りようとも思わなかったということなのだろうか？　他に聴いているやつがおらず、この小便チビるくらいのかっこよさを共有できる人間がいなかったから、そういう意欲が沸かなかったということなのだろうか？　思い出せない。

サザンオールスターズのあれは狂ったように探しまわったのに。

あれとは、《勝手にシンドバッド》。

小学六年生の頃、生まれて初めて、ひとりでレコード屋に足を運んで買い求めたレコードが《勝手にシンドバッド》だった。

他のアニメとか歌謡曲のレコードは誰かに買ってきてもらうか、友達と一緒に行って買うかだったのに、この曲だけは違った。代わりに買ってきてくれる誰か、あるいは一緒に買いに行ってくれる誰かの登場なんて待ってはいられなかったし、サザンが次に出るテレビ番組を待って、テレビのスピーカーに直接ラジカセのマイク部分をくっつけて、家族をおとなしくさせ、電話がかかってこないことを神に祈りながら録音するなんてまっぴらごめんだった。そんな苦労を乗り越え完璧に録れたとしても、そんな貧弱な音源などでは満足できるものでないのはわかっていた。

ぼくは自転車で街へと飛び出した。

当時、宮古島で一番大きかったレコード屋の重信時計店に行けばすぐに手に入ると思っていたが、無かった。二番目に大きい店にも無かった。

ぼくはサザンオールスターズというバンド名はよく覚えていなかったが、あのタイトルは間違えようがなかった。しかし、店員は一様に、クスクス笑いながら「《勝手にシンドバッド》？おもしろい曲名だけど、聞いたこと無いよそんなの」クスクス。という反応だった。

そうなのだ。当時のサザンオールスターズとはどんなバンドなのか世間の色分けが決まっておらず、コミックバンドという見方が多かったように思うがどうだろう。

ぼくが知ったのも、東京12チャンネルの「ヤンヤン歌うスタジオ」だったか、そういう歌番組の中の短いトピックニュース内で、〝おもしろい学生バンドがデビューして、ナウなヤングの人気を呼んでいます〟というもので、映像もサザンお得意の、おふざけライブ映像だった。このバンドが後に、時代のアイコン的存在に上り詰めるとは誰が想像できただろう。

当時の世間の認知度やら彼らのファッションセンスやらライブ形式などはともかくとして、曲はぶっ飛んでいた。ぼくはこの曲に粉々にされ、まだ諦めきれずに、繁華街を自転車でふらついている。この通りにもレコード屋があった記憶がわずかにあった。

はたして、レコード屋はあった。両側の店舗に押しつぶされたかのような細い身ながら、やはり第三のレコード屋は存在していた。だが、ぼくはその前で呆然とする。その店の前面が全面に渡って、森進一、北島三郎、八代亜紀、増位山などの演歌のキラ星のごときスターたちのポスターがベッタリと貼りつくされていた。

——ここは演歌専門店ではないのか？　そう思った。

ホントのところは普通のレコード屋で、ポスターの印象が強すぎて、ぼくが勝手に記憶を捏造しているのかもしれないが、小さな店だったことは確かだ。

——どーしよう。帰ろうか。そう思いながらも、レコード屋回りで疲れきっていた身体はふらふらと店内へと誘われるように吸い込まれてゆく。

レジカウンターの向こうにいた年齢不詳でぽっちゃり型のおじさんは、吸っていた煙草を慌てて消して、ぼくを見ると一瞬笑顔を見せたが、すぐに——なんだガキか、しかもそうとうバカそうなガキだな。という顔になり、もじもじしているぼくの様子を訝しげに見ていた。

ポマードでベッタリと固めた髪はぴっちり七三に分けられ、ふっくらとした頬は赤く、だんご鼻の下には薄いドジョウ髭を生やしている。茶色いアロハみたいな花柄のシャツは妙に威圧的だった。おそらく、このおじさん像も、ぼくの記憶の捏造がかなりあるのは間違いないと思う。

ぼくは勇気を振り絞って、おじさんのいるレジの前に立つ。おじさんのつけたコロンが鼻にツンと届いた。ぼくはこれまでのレコード屋で失笑された曲名が口に出せず、念のためメモってきたノートの切れっ端をおずおずとレジのカウンターに差し出し、「こんなレコードないですか?」と消え入りそうな声で言った。

おじさんは金色のバカでかい指輪がギラギラと装飾している太い指二本をチョキにして挟むように受け取る。そして、切れっ端とぼくを交互に見て、

――クソつまらねぇダジャレだな。こいつ、やっぱりバカなのか? という渋い顔をぼくに向け、切れっ端をぼくに突き返した。

ぼくはがっかりはしなかった。大きな店にもなかったんだから、こんな演歌ベタベタの小さな店になんてあるわけがないという予防線的なやつを張っていた。だけど、前の店で幾度も失笑され、この店ではあきれられて、小学六年生の心に細い傷が幾筋かついた。

ぼくは、力なく切れっ端を受け取る。いや、受け取ったと思ったが、ぼくの手にそれはなかっ

た。見上げると、おじさんが切れっ端を睨んでいた。そして、それを胸のポケットに押し込むと、何も言わず、後ろのドアを開け奥へと消えた。

ぼくはわけがわらず、開けっ放しのドアの奥を覗くため背伸びをしてカウンターから身を乗り出す。そこにはダンボールがたくさん積み上げられていて、そのあいだにおじさんの背中が見えて、ごそごそと何かをしていた。正確な時間は覚えていないが、かなりの時間おじさんはそうしていた。その間、客が一組来て、ぼくが何を見ているのか気になったのか、ぼくの頭越しに奥を見ていたが、すぐに興味をなくし出ていった。

おじさんは相変わらずごそごそやってる。ぼくがいくらバカでも、おじさんのしていることについて予想はできた。わくわくしていた。

しかし、あまりにも長い時間がかかっていたので、――おじさんはぼくが予想している目的で奥へ行ったんじゃないのか？　ぼくが勝手にそう思ってるだけなのか？　と、どんどん不安になって、やっぱりダメかと、心に新たな傷を刻みかけたそのとき、おじさんは出てきた。汗だくになり、ぴっちりと分けられていた七三の髪は、その形は保ってはいたが、ところどころ乱れて、髪の毛が触覚のように跳ね上がっている。おじさんはぼくの前に来ると、カウンター越しに無言でそれを差し出す。ぼくは受け取りしげしげと見た。

そこには、赤い枠で縁取られた四角の半分のスペースに、十字架に磔にされたキリストのように、子宮みたいに腕を広げ、それらすべてを冷笑するかのように口を歪めた桑田が卑猥な腰つきで立っていた。そして、その上には田舎のスーパーのチラシみたいな平凡なフォントの黒ぐろとした文字、《勝手にシンドバッド》。

ぼくは顔を上げ、おじさんに「うん」と、かすれ気味の声で言った。おじさんも、「ん」と応え、ぼくからレコードを一旦引き上げ、包装しながら、「返そうとしてたさ」とつぶやく。そのときは意味はわからなかったが、今はわかる。

ぼくはおじさんからキレイに包装されたレコードを受け取り、代金を払った。おそらく、六百円だったと思うが、ぼくにとっては、なけなしの金だった。十円玉五十円玉を交えたきっちりの金額だったのでお釣りなんて無かった。お礼も言わず、出口に向かう。

——飛んで帰って聴きまくろう。なんてたって歌詞カードがついているのだ。桑田が何て歌ってるのかわかる！　ということはぼくにだって歌える！

浮き立つ心で（心の傷なんて一瞬で消え去ってつるんつるんになった）出口の取っ手に手をかけたとき、背後で「おい、待て」という声がした。振り向くと、おじさんがぼくに向かって何かを投げた。ぼくは思わず受け取って、それを見た。都はるみの卓上カレンダーだった。え？　とおじさんを見ると、おじさんは「父ちゃんに持ってけ」と、つっけんどんに言って、くわえていた煙草に火をつけた。

ぼくはやっぱりお礼も言わず、「うん」とだけ発すると、おじさんにバイバイと手を振った。今思うと、おまえはおじさんの友達か！　と突っ込んでから、小一時間説教したいのだが、バカに何を言ってもダメなんだろう。

その後ぼくは、遠足のバスの中で、さっそく歌ってみたが、笑うほど無反応だった。修学旅行のときの夕食後の全体反省会で、トップバッターで熱唱したジュリーの《勝手にしやがれ》はあんなにウケたのに。

と、これを書いて初めて気づくのだが、ぼくが小学校六年生の頃、人前で歌った全二曲のタイトルに「勝手に」という言葉が入っていて、二曲とも曲中にその言葉が一度も出てこないという偶然性は、これはなんのアナロジーになり得るのかと考えざるを得ない。もちろん答えなんて一切出てこないのだけど。というか、《勝手にシンドバッド》は桑田が当時流行っていた、《勝手にしやがれ》と《渚のシンドバッド》をテキトーにくっつけただけらしいが、そんなことは一ミリも関係がなく、ぼくはバスの中で、四角い車内マイクにラララとか叫んで、バス中をシーンとさせた。

――あいつ、なんで叫びまくってるの？　なんなの？　もっとバカになったの？　とでも思われたのだろうか？　わからないが、小六の心にはベコリとへこんだ形状の傷ができ、数時間後に弁当食って、またつるんつるんの状態に戻った。

喉は少しかれた。

話を戻そう。脱線が過ぎた。

中一のぼくが、ある日、教室に入ると、誰かが自慢げに目撃談を披露してきた。

「ガシャンガシャンってすごかったんだって!」

まだ興奮冷めやらずという様子で、何度も繰り返した。

ぼくが成りたかった何者かは、ちょっと悪くなくてはならず、なおかつ、イイ奴でなくてはならなかった。

たとえば、同級生に、みんなより少し頭の弱い男の子がいて、彼は授業のいくつかを別の教室で受けなければならなくて、ともすれば孤立しがちになるため、そんなお友達にちょくちょく声をかけ、気にかけるぐらいのイイ奴。

実際、ぼくはそのマネゴトのようなことをほんのちょっとだけした。一度だけだが、学校の帰り、何人かで彼の家にちょこっとだけおじゃましたこともある。

その小さな家はお世辞にもいい家とは言えず、普通の家とも言い難い粗末な作りの家で、小さな玄関から小さな母親が貧困を纏ったような格好で出てきて、歓迎してくれた。

あまり覚えていないが、我が息子が友達を連れてくるなんてという感じで驚いていたと思う。

ぼくは本当に本気であの男の子のことを気にかけていたのか、それとも、お調子者にイイ奴という肉付けをして、何者かに近づけたかっただけなのかわからないが、ぼくは件の目撃談をぶつけられたとき、どっちの反応を示せばよいのかわからなかった。

反射的な反応である〝困惑〟は運良く気づかれなかったようだが、問題は意識的な反応だった。ここは空気的にちょっと悪い奴の反応が正解だと自分勝手な答えが出て、即座にそれに切り替えたのだが、それは表面上なだけで、内面は大きく違っていた。だからといって、内面が本心なのかもわからない。

「マジかよ。そりゃ見たかったなぁ」

ぼくは両手をポケットに突っ込みながらこう答えた。

感情が痙攣(けいれん)的な挙動を見せ、心もそれに引っ張られるように歪に変形しながら、内面からぼくを刺した。

彼が言っている目撃談。

学校の裏の細い通りを挟んだすぐ向かい側に、トタン屋根の粗末な家があった。その家に向かって、上級生の不良たちが、学校側の三階にある理科室から石を投げていたという話だった。

その粗末な家は、あの頭の弱い子の家である。石はトタン屋根にぶつかると、ガシャンッ！　というすごい音がしたそうだ。そのたびに中から小さな母親が飛び出してきて、抗議の声をあげた。それは、何を言っているのかはっきりとは聞き取れず、意味のないわめき声のようで、石を投げてすぐに隠れた不良たちの笑いを誘った。つられるように別の校舎（ぼくの教室がある）から見ていた野次馬も笑っていたという。そのうち不良たちは隠れることもせずに、石を投げ始め、笑っていたそうである。小さくて貧しい母が、理不尽な仕打ちに悲鳴のような抗議の声を上げる様子はそれはそれはおもしろかったのだという。

もし、ぼくがその場にいてそれを目撃していたら、もしかしたら笑っていたのかもしれない。人一倍ゲラゲラと笑っていたかもしれない。こうやって後から話だけ聞くと、それはひどく生々しく、小さくて貧しい母も、石を投げ続けた不良たちも、嬉々として話す友人も、見逃したことを悪ぶって残念がるぼくも何もかもがどうしようもなく哀れで、いたたまれなく、何をしても何を言ってもだめなのだという無力感しかなく、なにかとてつもない悲しみに触れたような気がした。

そして、訊けなかった。そのとき、あの男の子はどうしていたのか。おそろしくて訊けなかった。答えによっては、何かを吐き出そうとして内側から突き上げる感情でぼくの胸が破裂してしまうと思った。

もはや、ぼくは誰かが続けている目撃談に反応することができず、カッコつけてポケットに突っ込んだ両手をその中で強く握りしめ、両足をギリギリと硬直させ踏ん張り、ただ立ちつくしていた。そんな姿勢で黙りこんでしまったサイズの大きい学生服を着た身長一六〇センチもない丸坊主のぼくは、さぞや異様に見えただろう。ぼくに話しかけていた誰かはどこかに行ってしまった。変な奴だと思ったに違いない。でも、仕方がなかった。こうしていないと、ぼくの中から心がぽとりと落っこちてしまうと思った。

もう少し後で、別の友人たちと、あれはヒドイな、かわいそうだったなと、ひそひそと話したところでなにもならない。それは当時のぼくたちにとって、すでに色あせた過去の事件のひとつにすぎず、日常は何食わぬ顔で始まっていた。


この事から十数年ほど経った頃、あの頭の弱い男の子が、三十代を迎えることなく、二十代で亡くなったと聞いたとき、ぼくが成りたかった何者かに成り損ねた、三十代を迎えた無様なぼくの耳の奥で、ガシャンガシャンという聴いたはずのないあの音がいつまでも響き渡った。耳を塞いだところで、意味はなかった。あの音は今でもぼくの中にある。

あの男の子は、あの音を聴いたのだろうか？

午前二時のフースバル

中学校の帰り道、フースバルの黄色を見たという話から、なぜ倒産したディスカウントショップなんかに忍び込むということになったのか覚えていない。

フースバルとは学校指定外の体操着の短パンで（メーカー名なのか商品名なのかわからない）、指定のものより丈が長くて、少し前は不良が履く短パンであったが、最近ではぼくのようなごく一般的な中学一年生が履いても大丈夫な空気が醸成されていて、色が学校指定のものならフースバルでも学校は黙認しているようだった。

このフースバルはその後、高校まで着用する者も少数ながらいて、ぼくたち世代に長く愛される短パンとなった。

この日ぼくたちは、制服ではなくその緑色のフースバルを履いて下校していた。上は緑色の体操着で、おそらく陸上競技会かなにかの練習ではなかったかと思う。

履いている靴は当時の超一般的な中学生から超不良の中学生までの必須アイテム、リーガルのデッキシューズ（布製の白で、赤か青のラインが入っていて、本当の商品名はリーガルヨットというらしいが、当時ぼくらはなんと呼んでいたか忘れてしまった）の偽物で、本物はお金持ちが履いていて、かなりうらやましかった。他にも貧乏人が履いていた靴では、スターリッチというコンバースオールスターの偽物もあって人気があった。年齢が上がるにつれてやや本物志向になり、本物のオールスターだけではなく本物のトップサイダーやプロケッズを履くようになって、すぐに盗まれて泣いたりしていた。なけなしの金で買ったのに履き始めて一日の物を盗むなんて鬼かよ！　などと、いまさら怒ってもどうしようもない。

当時、不良たちは違う色のフースバルを履くことでプチアウトロー的な自分を誇示していて、それは肥大化した自己の集合体の中では異色ではあるけれでも、異質ではなくて、もっと変な奴がいっぱいいいた。

そう、だから、上級生の不良の誰かが黄色のフースバルを履いていたのをぼくが目撃したと、いつも一緒に帰る同級生のＦに話していて、そこから、そういえばという飛躍を経て、上級生の不良たちがぼくたちの帰り道の途中にあった倒産した（と思われていた）ディスカウントショップの店舗に入って、そこに取り残されていた商品をいただいてきたという話を誰かに聞いたという話に繋がったのだと思う。ぼくの話はよく飛躍するのだ。昔も今も。

その店舗の中には、中学生にとっては金の延べ棒と同等の価値があるカセットテープなどが放置してあって、ごっそりいただいたという話だった。また、大人のおもちゃもあったという仰天情報もあった。

いや、べつに侵入してカセットテープが残っていたら持って帰ろうとか、もしかしたら、大人のおもちゃがあるかもしれないとか思ったわけじゃない。そんなことをする根性も度胸もない。その行為が違法かもしれないとも知っている。ただ、ちょっと覗いてみようと思っただけだった。なるほどね、ここに大人のおもちゃがあったんだなとか、確認して明日、学校で、実は俺らも行ってみたんだよ。ああ、何もなかったよ。もっと早く行ってなんかもらってきたかったな。などと、なんの意味もないプチプチなアウトロー自慢をやりたかっただけだったんだ。

男たちは怒り狂っていた。

ぼくは複数の大人の男がこんなに怒った姿を今まで見たことはなかった。正座のため折り曲げられた膝の震えがわかるほどに心身ともにぼくたちは震え上がっていた。あれから二時間以上経っているのに、男たちの怒りは未だ静まる気配はない。

「おまえたちは泥棒だからな！」怒髪天を衝くレベルの怒りをみなぎらせた経営者らしき四十代くらいの男は何度も言った。

薄暗く、すえた臭いのする事務所の床は薄い絨毯で、正座しているぼくの足は痛いはずだが、恐ろしすぎて痛みなんて感じている余裕もなかった。

「思い出したか？」経営者の男の見開いた大きい目は充血していて、恐ろしさの度合いを上昇させていた。倒産したとはいえ店の大事な在庫をごっそり盗まれたのだ、怒って当然だった。

ぼくたちは店に足を踏み入れた三秒後、奥の事務所から出てきた経営者の男に「おい、おまえらちょっと来い」とドスの効きすぎた声をかけられ、五秒後には観念した。後ろにも数人の男たちがいたのだ。いや、後ろに回り込まれてなくても動けなかった。足がすくんでいたのか、それとも、店内には一歩二歩くらいしか足を踏み入れてなくてまだ何もやっていないのに逃げると余計まずいのではないか？　と思ったかどうか覚えていないが、ぼくたちはほとんど抵抗せずに奥の事務所に連れて行かれ、命ぜられるままに正座をした。

ぼくは怖くて顔が上げられず、ずっと下を向いていようと思ったが、絨毯にあった黒く焼け焦げた煙草の跡がやけに禍々(まがまが)しく首を変な角度に曲げてやたらキョロキョロしていた。

「思い出したか？　思い出さないと帰れねぇぞ」

男はぼくたちの前に屈み、顔を近づけた。

ぼくはうつむき、事務所に連行される際に強目に小突かれた脇腹に当てていた右の握り拳をもっと強く握りしめた。そこが守るべき自分の急所だとばかりグッと力を入れた。

「黙ってたら警察行きだぞ。早く書け」男はぼくたちの前に置かれた紙とボールペンを前に押し出した。

「ほ、ほんとうに、知らないんです……」ぼくは消え入りそうな声で言った。

「あ？　あ？　なんて？　なんて？　とにかく思い出さんと警察に引き渡して、おまえら少年院行かせるから」

もう限界だった。ぼくらはどちらからともなく、ぶつぶつ言い出した。

そういえば○○が行ったって言ってたよな？　そうそう聞いた聞いた。あ、じゃ○○もだよな？　そうだな、あいつら親友だしな。そうだ、そうに決まってる。ありもしない話を即興の会話劇で演じながら創作し始めた。

「いいぞいいぞ、五名、いや、十名以上は書けよ。ここに入った泥棒連中は、目撃した人の話だと十名以上いたらしいからな。おまえらそいつらの罪を背負って少年院になんか行けんだろ。さっさとそいつらの名前を書いて家に帰れ」男はFにボールペンを突きつけた。

Fが震える手でボールペンを取って、紙に同級生の名前を書き始めた。上級生の不良の名前なんてあだ名ぐらいしか知らないし、フルネームを知っていたとしても書けるわけがなかった。同級生なら、あとでなんとかなるんじゃないかと思った。とにかくここを切り抜けたい。それしか頭になかった。少年院なんて行ったら人生おしまいだと思っていた。

よく知ってる奴、よく知らない奴、あの侵入の話をぼくにした誰かと繋がると思われた奴の名前を書いた。ただ名前が似ているだけの奴もいたと思う。

男はそのリストをざっと見て満足したのか、何度か頷くと、部下らしき男に渡した。部下の男はそれを見もせずに机に投げるようにして置いた。おそらく、というか間違いなく男たちはそのリストを微塵も信用していなかったのだと思う。あんな猿芝居を信じる大人なんて宮古島のどこを探してもいないだろう。それに、ぼくたちは店舗を覗いただけで、一、二歩くらい足を踏み入れただけなのだ。ましてや商品なんか盗んではいない。見た目もごくごく普通の気弱な中学生だった。そんな中学生を本人の意思に反して長時間留め置くということは監禁となって警察沙汰になって困るのはむしろ店側の方だったかもしれない。大人たちはもしかしたら、お灸をすえるついでに憂さ晴らしの意味もあって、この犯人とは思えない二人を震えあがらせたいだけだったのかもしれない。（実際その後、書いたメモによって事件が動いたということもなく、ぼくら二人が先生に呼び出されて話を聞かれただけだった）

今考えればそうも思えるのだが、あのときはそんな思慮など消しゴムのカスひとつほどもなく、精神年齢低めの中学生はただひたすらこの地獄からの解放を願って、ぼくらはなんとか、あわれな無実の十名の名前をひねり出した。


崩れ落ちそうな夕暮れの道をよたよたと歩いた。

午後からの授業はなく陸上競技会の練習かなにかをちょこっとやっての下校だったので、かなりの時間監禁されていたことになる。

ぼくらはひたすら無言で歩いた。

解放された安心感と安堵感などディスカウントショップの敷地から出た瞬間に消え失せた。ぼくらは何かに胸ぐらをつかまれ引っ立てられているかのように、帰宅ラッシュで交通量が増した道路を歩いた。ぼくはまだ脇腹に拳を当てていて、足も痺れが残っていて、よたよたと歩くしかなかった。

無言のまま別れ、ぼくらはそれぞれ家へ帰った。

家についても無言のまま部屋にこもり、夕飯の呼び出しにも応じなかった。Ｆの家で食べたと嘘をついた。

電気はつけず、中学の入学祝いで買ってもらった二万九千八百円のソニーのラジカセにそのとき入っていたテープを流してベッドにうずくまっていた。ＮＨＫ―ＦＭの洋楽番組から適当に録音したやつだったので、《マイ・シャローナ》とか《アイム・セクシー》とかが大音量で流れた。どちらかというと、当時これもよく聴いていたアナーキーの《ノット・サティスファイド》のほうがぴったりだったかもしれないが、うずくまるぼくを押し潰そうとしている黒ぐろとした何か（恐怖？）を少しでも遠ざけてくれれば曲は何でもよかった。でも、監禁から解放されたばかりで、できたてホヤホヤの恐怖はそんなことではどこにも行ってはくれないだろうとも思っていた。

しばらくして親がうるさいと言ってきて、ぼくはボリュームが壊れたとかなんとかよくわからない嘘をついた。

お腹がぐるると鳴った。

今日はいろいろ大変な目にあって胸がいっぱいで食欲がなかったから夕飯をパスしたというわけではなくて、腹は減りまくりで、本当は食べたかった。食べたかったが機能的に無理だった。監禁中ずっと握りしめていた右手が拳の状態で、いまだに開かなくて箸が持てなかった。こういうことはあり得ることだと野球漫画かなにかで読んで知っていて、ちょっとしか怖くはなかったが、この開かない手について親になんと説明すればよいのかわからなかった。

うまい嘘が思いつかなかった。

いつの間にか眠りに落ちていて、目が覚めると家全体がしんとしていて真っ暗で、時計を見なくても真夜中だとわかった。午前二時頃だったと思う。右手はいつの間にか開いていた。というか、腹が空きすぎて、そのことはすっかり忘れていた。軽い脱水症だったかもしれない。頭がクラクラしていた。

それでも、ぼくは起き上がって、明かりの消えた台所にそろりと向かう。まだ上は緑色の体操着と下は緑色のフースバルを履いていて少し驚く。着替えずにそのまま寝てしまっていただけだが、低下した思考力ではそこに思い至るまで少し時間がかかった。その間、ぼくはなぜかフースバルの裾を広げてじっと見ていて、これはなにか別の物ではないかと考えたが、やっぱりそれはまったくの疑うことなど許されないくらいのフースバルで、やっと着替えてないだけだと気づく始末だった。

台所に入って、冷蔵庫から麦茶を出してポットからそのまま飲んだ。鍋に残っていたおかずは好きなものではなくて、冷蔵庫にもこれといったものはなかったので牛乳だけ飲んだ。これでだいぶ体力も思考も回復したが、もちろんその程度で空腹が満たされるはずもなく、ぼくは電源の入っていない電子ジャーを開けた。ごはんが結構な量残っていてほっとする。

しゃもじを手に取る。

痛ッ。

しゃもじを取り落とした。

月あかりに照らしてよく見ると、手のひらに何かの刻印のように爪の痕が四つ並んでいた。しばらくこすったりしていたが、ちょっとやそっとじゃ消えるものではないとわかってあきらめて、できるだけそこに当たらないようにしゃもじを持って、冷えたごはんをすくって口に運んだ。それでも少し痛んだ。

中途半端に持ったしゃもじでは、ごはんをうまくすくえず、ぽろぽろと体操着やフースバルに落ちた。しょうがなく、痛みを我慢してしっかり持って冷や飯をすくってバクバク食べた。それでもちょっと落ちた。

あいかわらず気分はどん底で、身体中に残留している恐怖に押し潰されそうだった。

きっと明日、この爪痕がなぜついたのか誰かに訊かれ、ぼくはまた嘘をつくのだろうと思いながら食べ続けた（実際に誰かに見つかって、なにか言い訳をしたが、どんな嘘をついたのかは思い出せない）。

そんなことよりも、明日登校して学校に、店舗に侵入したことがバレていたらどんな嘘をつけばいいのだろう？　ということは親にもバレるということになる。親はぼくの嘘を信じてくれるだろうか？　この先ずっとこういうことなのか？　嘘にまみれて生きていくのか？　親、学校、他に誰に嘘をつけばいい？　と、中学生にありがちな社会の歪に触れたような錯覚、つまり絶望に似た陶酔にぼくはうんざりしながら、ろくに咀嚼もせずに冷や飯を飲み込む。

他に誰に嘘をつけばいいだって？

ぼくはようやく陶酔から覚め、そして気づく。

ぼくを押し潰そうとしているものは恐怖じゃない。

同級生たちを売り渡した罪悪感。

消せない刻印。

ぼくはこの完璧なまでの罪悪感に打ちのめされていたのだ。

しゃもじを強く握りしめた。

それは、もっとしっかり持って食べるためなのか、それとも、もっと痛みを感じたかったから
なのかわからない。

ぼくは、誰かの吐息みたいな月あかりに包まれながら食べ続けた。

冷や飯はうまくて、痛くて、悲しくて。

小宇宙のバースデーケーキ

「いたいた」

宮古高校東の脇道から、原付バイクで出てきた友人のYは、ぼくを見てそう言うと、後ろに引き連れている自分が所属するサッカー部の連中数人に向かって「な?」と、おどけた顔をした。いたいたと実際に聞こえたわけではなく、口の動きでそう判断した。なぜなら、ぼくの耳はウォークマンのヘッドホンで塞がれていて、そこからは先週録音したNHK—FM・坂本龍一の「サウンドストリート」の素人が送ってくるデモテープ特集が流れていた。

一九八三年春、ある日曜日の午後、十六歳のぼくは、そういうキッチュなものが好きだという自分に酔っていたのかもしれない。いや、ほんとうにデモテープ特集は好きだったし、作成したテープを送ろうとしたこともあるけど、完全な内輪ウケなうえにスネークマンショーのパクリだと気づき、直前で思いとどまった。それでもあきらめず、自分が熱唱するカンツォーネ「帰れソレントへ」（イタリア語バージョン）と、同じく熱唱する香港映画「ミスターBOO 2」のテーマ（広東語バージョン）をうまい具合にMIXできないかと試みたが、明け方の五時頃、我に返ってやめた。

話を戻そう。

Yはぼくに、おまえを探していたんだと言った。

八三年当時、携帯電話などはもちろんなく、ポケベルの概念さえ知らなかった。だから、こうやってあてどもなく原付バイクでぶらぶらしている人間を探すには、そいつの家で辛抱強く待つか、自分も走り回って、偶然に出会うという幸運を祈るしかなかった。でもまぁ、市内をグルグル回っていれば、出会う可能性は高い。

宮古島なら、美しい景色を見ながら走れる海沿いの道を流せばいいのに、と思うかもしれないが、あんな寂しい場所を走ってもつまらない。観光客の水着のお姉ちゃんがふらふら歩いているなら別だが、八三年は、まだまだ観光客は少ない。そのかわりに、どこかのじーさんが運転する耕運機がバダバダとゆっくりとした速度で走っていたり、大型トラックが粉塵を撒き散らしたりする。それ以前に、そこまでけっこう距離があるのでガソリン代がもったいない。そして、とにかく誰もいない。そんなコースより、ぼくたちは近場のごちゃごちゃした猥雑な街をグルグル回る行為が好きだった。偶然に会った誰かと、どこかへ遊びに行くのが定番だ。

だが、Ｙはそうではなく、そもそもぼくを探していたなんて、ウソだった。本人は認めなかったが、ぼくはまちがいなくウソだと思った。探していた理由が、Ｎさんという女子テニス部のキャプテンの誕生日会に行く途中で、その会におまえも招待されているから、一緒に来いというものだったからだ。

ぼくはＮさんとは知り合いで、話したこともあるが、誕生日会に招待されるほどの仲ではなかったし、たとえ招待されていたとしても、こんなに急に言われることもないはずだ。

もっと話を訊いてみると、その誕生日会の招待客は男だけだという。なぜそういう不思議な事態になったのか詳細は思い出せない。成り行きでそうなったと言っていた気がする。

Ｎさんの姉御肌的なキャラも無関係ではないだろう。おそらく。

そうなると、Ｙが偶然に見つけたぼくを連行しようとした本当の理由も見えてくる。

場を盛り上げるための賑やかし要員が欲しかった。これしかない。

なるほど、他の四人を見ると、そんな役回りができそうな奴はいない。しかし、ぼくは招待もされてもいないし、第一、プレゼントもない。奴らの方の手には、手のひらに収まる程度の大きさではあったが、それらしき小箱が確認できる。それを理由に断るとＹは、そんなのどーってことなという一言で、ぼくをねじ伏せた。

「招待されてないし」

「されてるよ」

「うそつけ」

「されてるって」

「たとえされてても、プレゼントないし」

「大丈夫だって。そんなことどーってことないよ」

「汚い格好だし」

膝ぐらいでカットしたジーンズに、ＵＣＬＡのロゴが入ったてろてろのＴシャツにビーチサンダル。髪の毛は寝起きのままでボサボサだ。

「おまえの格好なんて興味ないから、どーってことないよ」

「やっぱ招待されてないからなぁ」

「されてるって！　バカ！」

「バカってなんだよ！　バカって！」

Ｎさんの家の前に到着しても、まだぼくは渋っていた。そしてまた繰り返しだ。

招待されてないし……。

Ｙはあくまでも招待されているを貫き、しまいには、「招待されてるのを感じ取れないおまえの心のアンテナが錆び付いているんだ！　バカ！」と、わけのわからないことまで言い出して話を打ち切った。

ぼくは足取りも重く彼らの後に続いて門をくぐった。

Ｎさんに、なんでこの人がいるの？　という顔をされたらどうしようとビクついていたが、そんなことはぜんぜんなく、お母さんとともにニコやかに快く迎え入れてくれた。それどころかぼくの姿を見て、笑顔がより一層強くなった。

——彼女はぼくのことを好きなのかもしれない。ぼくはそう妄想して、開き直ることにした。

そんな希望的観測を帯びた彼女の笑顔に、一気に気持ちが楽になったぼくは、家に入り際に、そこにあった植木鉢を持ち上げ、「これプレゼント。俺が育てたガーベラです、どうぞ」などと言ってひと笑いとったりした。Ｎさんも、それベゴニアだから、とノッてくれて、ぼくはますます調子にのり、小型犬を抱いて迎えに出てきたお母さんに近づき、これはかわいい犬ですねーとお母さんの頭をなでなでして、もうひと笑いとった。

横でニヤニヤしているＹの目論見どおりになるのは癪だったが、盛り上がるのは単純に嬉しかった。

そのまま誕生日会に突入して、宴もたけなわになったころ、Ｎさんは席からいなくなり、しばらくして、トレイにバースデーケーキを載せて現れる。そのバースデーケーキが彼女の手作りだと知ったぼくらは歓声をあげ、テンションをトップギアにあげた。

だって、女の子が作った手作りのバースデーケーキなんて、肉眼で見るのは生まれて初めてのことなのだ。そんなもの、テレビか映画か漫画の中にしか存在しないものだと思っていた。ぼくは思わずYに感謝の笑みを向けた。Yはそれに、まるで自分が作ったかのような得意げな顔を返した。

——な？　どーってことないだろ？

ムカついたが喜びのほうが勝った。

そして、バースデーケーキに十七本のろうそくが挿され、火がともされる。しかし、夕方と言えどもまだ外は陽が残っていて、部屋が明るすぎて、いまいちムードが出ない。そこで、カーテンを——たぶん雨戸も——閉めた。

一気に薄暗くなり、誰かが、プラネタリウムみたいだなとつぶやいた。振り向いて後ろの窓に目をやると、隙間からぽつぽつと光が差し込んでいて、確かにそう見えなくもなかった。

ずいぶんロマンチックなこと言うものだと苦笑したが、そんな気持ちになるのはわからなくもなかった。

だって目の前に、にこやかな女子と、彼女手作りのバースデーケーキなんだから！

そんなウキウキなぼくらは南の島に出現した個人的な小宇宙の中で、ハッピーバースデーを歌った。歌い終わるとNさんは十七本のろうそくの火を吹き消した。すぐに電気が点けられ、同時に小宇宙は消滅する。

超ゴキゲンなYは「よーしカンパイだー!」とシャンペン風ジュースの栓を勢いよく飛ばす。ポンッ! という音とほぼ同時にガシャン! という音がして部屋が真っ暗になり、消え去ったはずの小宇宙が再び出現した。今度はロマンチックな宇宙ではなく、暗黒宇宙だった。ぼくらは零下二七〇度の真空の空間に放り出されたのだ。

薄暗い中でも全員の表情が凍りついてるのがわかる。Nさんは今にも泣き出しそうだ。

誰も何も言わない。キューブリックの「2001年宇宙の旅」に負けないほどの無音のシーンがつづく。実際は数秒だったが、体感ではそれぐらい長く感じた。

その短くも長い数秒間に〝小宇宙再び誕生〟の謎も判明する。

Yが発射したシャンペン風のジュースの栓が天井の蛍光灯を直撃したのだった。

ぼくはほとんど反射的にフォークを手に取り、バースデーケーキに突き刺して、むりっと大きめにこそげ取ると、手の震えで落っこちないうちに、そのまま口に押しこみ、もぐもぐしながら、うん、うまいうまいとくぐもった声を出した。

ぼくはそれを繰り返す。

むしゃむしゃ
もぐもぐ
パキパキ
ガリガリ
ジャリジャリ
「うまいうまい。すげーうまい。世界一うまいよ！」
バクバク食べながら、バースデーケーキに新たにトッピングされた蛍光灯の破片で、胃や腸が傷つくかもしれないと思った。でも、それで、この小宇宙に安寧がもたらされ、彼女の笑顔が取り戻せるなら、そんなこと、どーってことないのだ！
だからYよ、その開きっぱなしの口を動かして、おまえも食え！　バカーッ！

世界が愛で殺される前に

頭がキリキリと痛んで、ヘッドホンはすぐに外した。痛みは和らいだが、朦朧としたまま原付バイクを転がしている。目的地は行きたくもない海。

一九八三年の宮古島、ゴールデンウイークの晴れ渡った爽やかな朝だった。日差しは強烈だが、強い向かい風が心地よい。そして、ぼくの少し前方には楽しく語らいながら、同じく原付バイクをトロトロと走らせている十七歳の複数の男女。つまりこれは、スカっとさわやかな状況なのである。あの、世界でもっとも有名な清涼飲料水のＣＭで、キレイな男女が意味もなく駆けまわるしゃらくさいあれと同じ状況の中にぼくはいた。いや、当時あのＣＭをしゃらくさいとは思っていたわけじゃなくて、きっとあの世界は地球上のどこかに存在していて、もしかしたら、いつかはぼくたちもあの世界に行けるのではないかと清く正しく騙されていたのだ。そして今日、それっぽい状況になったのだけど、こういうことは本人が自覚しないことには意味は無いし、架空であり続けるわけで、あのときのぼくはそれどころではなかった。ぼくが、前にいる女の子たちに一ミリも恋愛感情を持っていないということもあるが、それよりもぼくの心をがっちりと占拠していた超個人的な問題のほうがはるかに大きかった。いやもうほんとにそれどころじゃなかったのだ。

個人的な問題とは言うまでもなく失恋である。十七歳の大問題といえば失恋しかないと言ってしまっても過言ではないのではないか。でも、ここでその失恋についてタラタラと書くつもりはない。なぜなら、あまりにも普通すぎて、何の変哲もなさすぎておもしろくないからだ。まるで中国の工場で、田舎から出稼ぎにきた女工さんたちが、時給二十円で大量生産し、日本に輸出して、百円ショップにずらっと並んでいる既成品みたいな失恋なのである。そんな製品のレビューなど誰も読みたくはないだろう。でもちょっと説明すると、一年越しで二回目の告白をして、やっと付き合えたのに一ヶ月そこらでフラれたっていうつまらない話なのだ。

とにかく、ぼくはショックから立ち直っていなくて、スカっとさわやかどころじゃなかった。おまけに、前日の夜は、今ぼくの前方で女子とわちゃわちゃとスカっとさわやかな状況を思いっきり楽しんでいる友人のYの家で、反社会的な行動に勤しんでいて、荒くれ失恋ボーイなぼくは、茶化すYの顔面にサンフィルグレープをぶっかけて、家に帰り、ふて寝しようと思ったけど、ぜんぜん眠れなくて、朝方ウトウトしかけたところに、Yが乱入してきて、サンフィルグレープの仕返しに来たのかと思ったけど、そうではなくて、これから前浜ビーチに行くとかなんとか……。Yはなんと言ってたんだろう？

――そうだ、バイクレース観戦だった。

悲しみでいっぱいの重たい心のまま、バイクレースなんか楽しめるわけはない。もうひとつおまけに、つい先日、いや、もうちょっと前から説明すると、この四月から親しい友人たちの何人かが生徒会に入ることになって（きっかけは、なんと集団飲酒で停学を食らった際に、生徒会担当の先生と仲良くなってそのまま横滑りのような格好で指名されたらしい。飲酒の主犯は生徒会長に指名されている）、その執行部立ち上げの準備で春休みでも学校にいるらしいと聞いて、激励でもしてやろうと、のこのこと出かけて行った。まぁ、生徒会なんて今まで無縁だったから、ただの野次馬の賑やかしなのだが。そこで特に仲の良い副会長のAとソフィー・マルソーの神性についてとか、頭に三日月形のハゲがある人間はワキが臭くなるという伝説があるとか語っていると、指導役の前生徒会執行部の先輩が割って入ってきた。ぼくはその先輩の容姿に目を奪われる。

――かわいい。いや、美人だ。

「あなたヒマそうね」

その、ちょっと強目の落ち着いた口調は、傷心のぼくの心をやさしくツンツンした。

「ねぇ、集会係やってよ」

「しゅ、集会係すか」

「うん、そう」

「あの、集会係ってなんですか？」

「ほら、来週新入生歓迎会やるでしょ」

「ああ、はい」

「あれでみんなを並ばせたりするのよ」

「整列させるんすか」

「そうそう、並んで並んでとか言って」

「ああ、そのくらいならいいですよ」

「ほんと？」

「並ばせるんですよね？」

「そうよ」

「でも、新入生って五百名以上いますよね」

「大丈夫、簡単よ。あなたならできると思うわ。約束ね」

先輩はそう言うと、右手の小指をちょこっと出した。

反射的に出したぼくの小指は心と同じように先輩の小指に絡め取られる。

――小指一本で心を捉えるってすごい。いや、べつに付き合えるとか思ったわけじゃない。ときめいたのは確かだけど、それよりも、こんなぼろぼろのぼくにも声をかけてくれて、あまつさえ必要としてくれて、単純にうれしかったのだ。しかも、きれいなお姉さん先輩がである。で、ずいぶんと癒やされた。これからはいいことばかりあるに違いない。

しかしぼくは、新学期が始まってすぐに校内放送で校長室に呼び出される。実際に自分で放送を聴いたわけじゃなく、机に突っ伏して熟睡してるところを起こされた。

「おい、おい、おまえ今すぐ校長室来いってよ。放送で言ってたぞ。寝てる場合じゃないぞ！」

――ああ、ついにいろいろバレたのだ。

俺の高校生活もこれで終わる。そう観念して足取りも重く校長室へと向かった。

――ずっと永遠に着かなかればいいのに。

でも、校長室がある管理棟は二年生の校舎のすぐ隣なので、あっという間に到着する。おずおずと校長室に入ると新生徒会の面々がずらりと並んでいる。ぼくがキョロキョロしていると、なにかと厳しい書記のHが鬼のような顔をして近寄ってきて、グイッと腕を引っ張ってぼくを端っこに並ばせる。

——なんで俺が？　まぁ、とりあえず、停学とか退学とかのたぐいではなさそうだとちょっとホッとしていると、生徒会長から順に呼ばれて校長先生から任命証書みたいなやつを押し戴いている。

——なんか嫌な予感がする。

その予感通り、やっぱり最後にぼくの名前も呼ばれる。

——集会係って新入生歓迎会のときだけの話じゃなかったのか？　というか、集会係という役職あると初めて聞いたのだが。

などと、ゴネられるはずもなく、ぼくは正式に集会係に任命された。騙されたという思いはあったが、なんか責任薄そうな役職だし（だがその後、あまりの激務に死にそうになる。誰も並ばねーのな！　おかげで叫んだり、モノマネしたりして関心を引いたり、あげく、新入生歓迎会とかクラブ紹介などの結構大きなイベントで司会までやらされ、しまいには、全新入生の前でグレート宇野歌唱の《久松五勇士のテーマ》にのせて踊ったりしたのだった）。それに、もしかしたらあのキレイな先輩にもちょくちょく会えるかもしれないと納得させることにした。という話を校長室から教室に帰って誰かにした。するとそいつはこう言った。

「ああ、キレイな先輩って、○○先輩だろ？」

「そうそう」

「あれＡの彼女だろ？」

「え？」

「最近付き合い始めたんだよな？　デートしてるとこ何回か見たぜ。俺はタイプじゃないけど、見ようによってはキレイか」

「……………」

「あれ？　知らんかった？」

「え？　ああ、知ってた知ってた。知ってたよ。ナイショにしてくれと言われてたんだよ」

とっさに嘘をついた。

そいつは、ま、そうだよなと言い残し去っていった。

ぼくは机に突っ伏して昼寝の続きに戻る。もちろん寝れるわけもなく、こんな大事なことを親友だと思っていたやつに教えてもらえていなかったという落胆に震え、それは傷心真っ最中のぼくを思ってのことなんだろうと思い至ってみじめさが倍に膨れ上がったところに、次の選択科目の生物の授業のために、隣のクラスからロックバンドのリーダーでボーカル・ギターの太っちょのＩがやってきて、定位置のぼくの隣りにドサッと座る。

Ｉは、いくつも矢が刺さって朽ち果てている戦国時代の足軽の死体のようなぼくを揺り起こして、今度のライブでやる曲の相談を熱っぽく持ちかけてくる。ぼくはそれに、――いいんじゃない、それでとか言ってテキトーに同意して、反対側を向いて、伸ばした自分の腕を枕に死体に戻るが、Ｉの熱は授業が始まっても冷める気配はなく、ぼくの耳元で候補の曲を口ずさみ続ける（オリジナルではなく、何の曲だか忘れたが、全曲ラブソングだったと思う）。

授業の間中それは続いた。あのとき、音楽は凶器だった。

もう、青春がいろいろひどい。

と、いい感じにオチたので、ここで終わってもいいのだけれど、もう少し続けたい。

ぼくは朦朧としたまま原付バイクを転がし続ける。とっくに外したウォークマンのヘッドホンからは停止ボタンを押していないので、当時ヘビーローテーションで聴いていた大瀧詠一の『ロングバケーション』が流れ続けているだろう。たぶん《カナリア諸島にて》あたりのはずだ。このスカっとさわやかな状況にはぴったりなはずだが、今のぼくには肉体的にも精神的にも超音波の攻撃でしかない。この心情にぴったりの《恋するカレン》はまだ先だ。

吹き付ける風がダンガリーシャツを背中までめくり上がらせて、ぼくの後ろ頭をパタパタと叩いている。シャツの下には何も着ていないので、脇腹を風に撫でられて少しゾクッとする。どうやら、行き先は前浜ビーチというのはＹの勘違いで、ほんとうは与那覇湾のようだ。Ｙと並走している女の子のひとりがＹにそう言っているのが風の隙を縫ってぼくの耳まで届いた。

――そりゃそうだよなと思う。前浜でバイクレースって無理があるし。でも、与那覇湾でバイクレースもよくわからない。ぼくはそんな疑問を抱いたが、Ｙや女の子に訊くことはしなかった。それにしてもなぜ女の子が訂正しているのだろう？

――ああそうだ、先週ぐらいそんな話をしていたと思い出した。バイクレースを見に行こうという話だった。でもぼくは断ったはずだ。なぜなら、バイクレース観戦が主目的ではなくて、そのバイクレースに出場する女の子の彼氏（同級生）を応援するのが第一の目的だったからだ！　なにが悲しくてラブラブのカップルのデートみたいなものに付き合わなければならないんだ？　という当然のことを意思表示したのだが、誰も聴いていなかったようだ。ぼくの気持ちなんか誰にも届かない。ぼくを振ったあの娘にも届かないのに、届くわけがないのだ。

悲しみの与那覇湾はもうすぐだ。

でも、さらっとその与那覇湾を通り過ぎる。

――あれ？　と思ったが、何も言わずに付いて行く。すると、舗装されていない細い脇道に入った。しばらく両脇に海のそば特有の植物が生い茂る小道をゴトゴトと進むと、少し開けた場所に出る。そこには堤防らしき、ぼくの腰より高いくらいの塀があった。らしきというのは、その塀はだいぶ古ぼけた質感で、かなり黒ずんでいて、形から堤防なんだろうと判断したからだった。

堤防の向こうを見ると、与那覇湾の特徴である干潟の海岸線が、視界いっぱいに広がっている。そして、ここからかなりの距離の干潟に人が集まっている。

——なるほど、干潟の上を走るモトクロスのレースなのか。よく見ると、ロープを張ってコースを作っている。コースの途中には簡単なジャンプ台まである。

しばらくすると、ライダーたちが現れてレースの準備を始める。エンジンに火が入り、少し甲高い爆音がここまで届いてくる。男の子の心を刺激するには充分な音量だった。当然、もっと近くで見たい、感じたいと思う。

——それにしても、なんでこんなに遠くから見なければいけないのだろう？　普通の入り口から入って近くから見ればいいじゃないか。有料ってわけでもなさそうだし。わからない。

だが、今ならわかる。おそらく、彼氏が恥ずかしいから見に来るなとか言ったんだろう。自分の彼女が応援するなんてかっこ悪いと。いかにも、あのマッチョなあいつが考えそうなことだ。ぼくなら、絶対来てくれ、手を振ってくれ、弁当作ってきてくれ、サンドイッチとかおしゃれなやつをたのむ。などと要求したと思う。

彼氏が出場するはずの第一レースはなかなか始まらず、気温は昼に近づくにつれてぐんぐん上昇したが、強い海風が心地よく気分がいい。

そんな海風に吹かれながら、女の子たちがここに来る途中、お店で買ったらしい、クリームパンとかうずまきパンをパクパク食べて、乳酸飲料のゲンキクールをゴクゴク飲んだ。それがやたらうまくてますます気分がよくなり、女の子たちに、昨日Yがトランプに負けて、罰ゲームで陰毛を一本抜けばいいのに一気に二百本引き抜いて泣いていた話をして笑わせたりした。いや、笑っていたのはぼくだけだったのかもしれない。ウケてもウケなくても、どうでいいぐらい楽しかったのだろう。いや、楽しいわけはない。――あ、俺は失恋傷心中だった。と、黙りこみ、意味もなく海を見つめるという、よくわからない心の持ち替えをしたりした。ため息ついたりして。

そうこうするうちに、エンジン音が大きくなって、第一レースのウォーミングアップ的なやつが始まる。ぼくとYは居ても立ってても居られず、堤防の向こう側に飛び降り、泥が跳ねるのも気にせずもっと近くで見ようと、コースに向かって走った。すると、向こうから誰か走ってきて、ぼくらの前に立ちはだかる。

しかめっ面のスタッフらしきお兄さんは、「こらこら。おまえらこっち入るな。上がれ上がれ」と堤防を指さす。その目は、「けっ、ド素人が」と言っていたように感じた。ぼくらは、べつにいいだろー、与那覇湾はおまえの土地かよ！　とは言わずに、すごすごと堤防に戻った。女の子たちはクスクスと笑っていた。

　無理やり連れて来られてこの仕打、ぼくは打ちひしがれて俄然帰りたくなるが、そうもいかない。そろそろ彼氏が出場するレースが始まるようだ。選手がスタートラインに集まっている。彼氏の姿も確認できる。そしてぼくはそれを眺めながら、んん？　となってＹに訊く。

「おいＹよ」

「なに？」

「あれ、ＲＺじゃね？」

「だな」

「だよな。あいつが普段乗ってるやつ」

「うん。ヤマハＲＺ２５０」

「ＲＺって普通の道を走る用のバイクだよな？　モトクロス仕様じゃないよな？」

「確かそうだ」

「まさか、あれで出んの？」

「出るみたいだな」

「ＲＺってあんなレースでもいけるの？　地面泥だけど」

「知らないよ。エントリー出来てるってことはいけるんじゃない。ほら、他にもモトクロスじゃないバイクもいる」

「ほんとだ。あ、スタートした！　いけー！」

「いけ！　いけ！」

ぼくたちは彼氏の名前を叫んだ。
五、六台のバイクはエンジン音を晴れ渡った空に響かせ、青い煙の排気ガスを吐き出し泥を吹き上げながら、まずは短い直線を疾走する。そして第一コーナーに殺到し、なんとか誰も転倒せずに曲がって、次の直線に出てくる。そして、最初のジャンプ台に向かう。
ＲＺが飛んだ！　ガシャン！　という音とともに無事着地。

だが、そこから数メートル進んで止まる。

ガシャン！　プスプスプス。こんな感じ。

彼氏はバイクを降りて自力で押し始める。スタートから二十秒も経ってない。

――え？　終わり？　もう終わり？　モトクロス用のじゃなくて普通のバイクで出場して二十秒で普通にリタイヤして終わり？

「Ｙよ」

「なに」

「意味がわからない」

「俺も」

第一レースは驚くほどすぐに終わり、与那覇湾を支配していたエンジン音はやみ、風の音だけが残った。

ぼくたちはあまりにも残念な結果に言葉を発することもなく、ただぼんやりと干潟を見ていた。ぼくはこんなことのために叩き起こされてここまできたのかという徒労感もあった。

すぐ近くで、バシャッという音がした。見ると、女の子が堤防から飛び降りて、駆け出していく。行き先はもちろんバイクを押す彼氏の元だ。

近くに来た女の子に気づいた彼氏は、は？　なんで来てんの？　恥ずかしいから帰れよ。と足元の泥を軽く蹴りあげて女の子にかけた。もちろん声は聞こえない。ぼくが勝手にアテレコしただけだ。女の子は口を尖らせて、彼氏の腕にパンチをくれてバイクの後ろに回り押し始める。彼氏もしょうがないなぁといった感じで押す。ラブラブな二人の共同作業が目の前で展開されている。

——なんだこれは。失恋傷心真っ只中のぼくに見せていいものなのか？　法に触れはしないのか？　ぼくはぴくぴくと頬を引きつらせる。

そんなラブラブな共同作業を見ていたもうひとりの女の子が言う。

「えー、すごーい、恋愛映画みたーい。すてきー」

ぼくは堤防に両手をついて下を向く。心が、妬み嫉み憎悪という負の感情でパンパンになる。そんなぼくなど存在しないかのように、ぼくのすぐ横にいるYと女の子は、間違いなくあのラブラブな二人に感化されて話し始める。YはYの彼女である那覇の教会の娘のこと、女の子はこれも彼氏であるひとつ上の先輩のことを。楽しそうに。

――なんだこの愛の波状攻撃は。このままでは世界が愛で埋め尽くされて、ぼくなんか消滅してしまう。

そんなことにはさせない。

ぼくは目を閉じて気持ちを集中させる。

心をパンパンにしている負の感情が身体の中からオーラのように湧きだして、天高く舞い上がって、空を覆い尽くす。すると空の一点が強く光り輝き、そこから光の線となって地上にいる、ぼくにとって諸悪の根源である、あのラブラブな二人に直撃する。二人はよろめいて、泥の中に倒れ込んで泥だらけになる。ぼくは、それを見てゲラゲラ笑う。なにもおもしろくもないし、それどころか、それによって二人の愛が深まりそうなのでやめておく。もし本当にゲラゲラ笑ったりなんかしたらタダじゃすまない。彼氏は、ぼくを五秒で殺せそうな筋力と図体の持ち主なのだ。

――しかたない、こう考えよう。地球上には、ぼくより不幸な人間はたくさんいる。朝ごはんとか食べながら見る朝ニュースではそういう人たちの話でいっぱいではないか。戦争やってる国では飢えている子供がいて、日本でも借金苦で大変な人とか……、ダメだ、次元が違いすぎてなんのなぐさめにもならない。

ぼくはあきらめて堤防の上に片膝を立てて座る。

強い陽光に照らされ潮風に吹かれながら、残りのゲンキクールを飲み干す。生ぬるいけどうまい。温度と味覚は比例しない。状況が味覚を創りだすのだ。

それにしても気分がいい。忘れていた眠気が蘇ってきた。心地よい眠気だ。ウォークマンのヘッドホンを付けて、音楽を聴こうとするが、付けっ放しだったため電池が切れている。でもそれにもぜんぜん腹が立たない。

——ちょっと待て。気分がいい？　心地よい？　腹が立たない？　そんなわけはない。ぼくはひどく傷ついているのだ。こんなに深い傷がそう簡単に癒えるはずはないのだ。ぼくのあの娘への気持ちはそんな半端なものではない。激しい負の感情で空を覆い尽くすぐらい強く深いもので、あれはあの娘に対する気持ちの裏返しで、それほど、ぼくがあの娘のことを強く想っているという現れなのだ。それともなにか、傷なんてとっくの昔にきれいさっぱり治っていて、失恋して傷ついているという設定の可哀想な自分に酔っていただけなのか？　いやいや、そんなわけはない。ぼくはそんな気持ちの悪い人間ではない。ちゃんと傷ついているはずだ。

揺れ幅が大きすぎて、自分の気持ちに折り合いが付けられず混乱する。


——疲れた。

ぼくは、パタリと仰向けに寝転がる。

風が強くて雲の流れが速い。

じっと見ていると、雲がぼくの足元から頭方向に流れていて、まるでぼくの身体が移動しているような錯覚に陥る。傷ついたぼくが担架に乗せられてどこかへ運ばれる。空を覆い尽くしたあの娘(こ)への想いも、無残なＲＺ２５０も、沈黙しているウォークマンも、なにもかも流れる雲によって違う世界に運ばれてゆく。この世界が愛で殺される前に。

そんな雲もすべて消える。

——違う世界？　愛がなんだって？　この心の軽さがたまらなく悲しい。

空にはもう何もないのに。

記憶Ⅲ

マクラム通りから下地線へ、ぐるりと

半月より少し太めの月の夜、原付バイクで家から抜け出した。追いすがる、水分をたっぷりと含んだ真夏の夜気をアクセルをあげて振り切る。愛用のウォークマン・WM—R2のヘッドホンから、太っちょのおっさんのハイトーンボイスが耳に心地よく流れている。

一九八三年のこの頃、ウォークマンはまだまだ最先端のアイテムで、ぼくのまわりで持っている人間はほとんどいなかった。なかでもぼくが持っているWM—R2はレコーディングウォークマンと呼ばれていて、内蔵マイクでステレオ録音ができるすごいシロモノだった。でも今は、録音機能は壊れていて、ただのウォークマンで、いわゆるキズモノで、金欠の高校生が手に入れられた理由はそれだった。二ヶ月ほど前、知り合いの新しもの好きの電電公社職員の部屋で見つけ

て、あ、それ半分壊れてるから持ってってていいよ、という幸運に恵まれた。（彼は正真正銘の新しもの好きだった。結婚式の翌日、早くも新しい女の人の家に泊まっていた！）

一九八三年はファミコンが発売された年で、スーパーマリオはまだスーパーではなくただのマリオで、人さらいのゴリラが投げる樽にふっ飛ばされていて、テレビでは「おしん」が視聴率六〇％を叩き出して、音楽ではＹＭＯが散開してぼくたちは、へ？　サンカイって？　となり、プロレスでは猪木がホーガンに失神させられ、芸能では、松田聖子が沖縄で、トチ狂ったファンに鉄パイプでぶん殴られたりしていた。

そんななかなかエポックな年だったが、宮古島の高校二年生の夏休みはおそろしく退屈で、おもしろいことなんてなにひとつなかった。そして、ぼくは今日も逃げるように家を抜け出す。なにから逃げていたのか、現実からなのか、未来からなのか、よくわかっていなかったが、あの頃ぼくは、いや、ぼくたちは世界のあらゆるものからひどく無防備で愚かで、退屈に殺されそうだった。

——これからどうしようか？　午前零時ともなると、遊びに行ける友人の家も限られる。それにしても、なんで、太っちょのおっさんことクリストファー・クロスのオカマみたいな声がこうも心地よいのだろう？　もしかしてぼくはオカマなのだろうか？　オカマだから心地よく感じるのだろうか？　と偏見丸出しの愚かな高校二年生は思うのである。

――いや、それはないだろう。その証拠に、あのときいっとけばなんとかなったかもしれない女の子のことを思い出している。思い出しながら、人気の途絶えた街の中をアクセルをゆるめてトロトロ走っている。もちろん本気でなんとかなったはずだ、なんて思ってはいない。この妄想は退屈に殺されないための防衛行為なのだ。ということにしないことにはおそろしく退屈な宮古島の高校生はやってられない。

――Kが仕切っていると知っていたら、行くことはなかった。

一週間前、ぼくらは宮古まつりのメインパレードの集合場所にいた。驚くことにこのパレードに参加しようとしていたのだ。今まで中学からこっち、宮古まつりのパレードなんて、一ミリも関心を持つことはなかった。それはぼくらだけではなかったはずだ。婦人会やら通り会やら自治会やらが、延々と同じような民謡を踊る行列に興味もつティーンエイジャーが他にいたとは思えない。それではなぜ、同級生のHが持ってきた、○○酒屋のパレードの枠があるから出ないか？という話にぼくらは飛びついたのだろうか？　今考えてもまったくわからない。タイムスリップして、その頃のぼくに訊けばそれらしき答えを返してくると思うが、ぼくはこの島で一番いいかげんな人間の話を信用しない。やはり、このままでは退屈に殺されてしまうと漠然と思っていたからかもしれない。ただひとつだけ考えられるとしたら、その酒屋の息子がぼくらのあこがれの先輩で、その先輩が一緒に参加するという話をHが話した気がするが定かではない。先輩は参加はしたが、酒屋の息子ではなく、酒屋とはまったく関係ない、もっと年上のヤバイ先輩Kだった。

Kのことはあまり触れないことにする。とにかく、ヤバくてやっかいな先輩だったとだけ記す(四つほども年上でヤバイってことは、かなりヤバイってことなのだ)。

そんなK直々に、「おう、よく来たな、盛り上がっていこうぜ」と握手までされたとき、ぼくたちは、こっそり逃げ出すことをあきらめた。

ぼくたちのチームは、パレードの参加者の中では飛び抜けて異質だった。他のチームの大部分が、おばさんやおじさんたちで、その衣装もおなじみの何の変哲もないハッピで、その中にいかにも田舎の商店街のお調子者のおじさんがやりそうな女装の人がいたりするぐらいの、まぁ、祭りといえばこんなもんだろ的な集団で形成されていた。

それにくらべてぼくらのチームは、バカでかい図体の男が、第二次世界大戦仕様の米軍の将校のコスプレ(冬物の本物!)をしていたり、目付きの悪い痩せた男が、超ハードパンクの格好をしていたり(手には本物のナイフ。首にはどこかの駐車場から無断で借りてきたごつい鎖がぐるぐる巻かれていた)、東京の原宿で流行り始めたばかりの、宇宙パワーこそ人類救済の道だ!

が教義の新興宗教の信者たちが着ているような服の人間（早い話が竹の子族の衣装なんだけど）の、十数人プラス酒店のスタッフとか関係者の集団だった。その中にあって、ぼくたち、哀れな子羊みたいな四人は至って普通だった。赤いハッピに、黒いサングラスに白い手袋。そう、当時、大ヒットしていたラッツ&スターの《め組のひと》の衣装を模したものだった（なんてダサイんだろう。思い出すとゾッとする）。

その異様な集団が、交差点にさしかかるとその真ん中で、ロックンロールを踊る。わけがわからない。そんな、脱構造・反均質・無政府主義者でクレイジーな集団の中にぼくらとはまた違った意味で、異質な人間がいた。

その女の子は年齢はおそらくぼくらと同じくらいで、集合場所では、やたらぼくたちに話しかけていて、ぼくはてっきり、顔の広いIか、話を持ってきたHの知り合いだろうと思っていたが、どうもそうではないらしい。おそらく、酒屋の関係者なのだろうと見当をつけた。この女の子の何が異質なのかというと（この年頃の女子がこの集団にいるってだけでおかしいのだが）、服装が普通なのである。ブラックジーンズにスニーカー、グレーの胸のあたりが大きめに開いたTシャツ。そんな格好で、ぼくたちのチームに加わっている。というより、ついて来ていると言ったほうがよいだろう。踊らないし。女の子はやたら、後方にいるぼくたちに、真ん中行って踊ってくれれば？　とけしかけた。ぼくらはそのたび、いや、いいよ、今はやめとくよと引きつった笑いを返していたが、心の中では、トンデモナイ！　と手を振っていた。でも、女の子は四つ角に来るたびに、またぼくらの元にやってきて、行こうよとけしかけた。薄っすらと浮かんだ笑みは悪魔の微笑みにしか見えなかった。まるでぼくらの度胸を試しているかのようでもあった。その笑みはかなり魅力的でもあり、あれが小悪魔というものだろうなと、ぼくは思った。

パレードは滞り無く終わり、ぼくたちもKのご機嫌を損なうこともなく、到着地点でホッとしていた。あとは帰るだけだ。だが、そうはならなかった。Kがぼくたちの元にやってきて言った。「打ち上げの宴会あっからな、おまえらの分もちゃんと用意してあっからよ、来るだろ?」参加するかどうか確認しているようだが、決してそうではないとわかっていた。少し離れたところから、女の子が、あの小悪魔的な笑みを浮かべぼくたちを見ていた。

ぼくたちは、そのレストランの名前どころか存在することさえ知らなかった。二階で見づらいとはいえ、西里大通りに面しているのにまったく認識していなかったのはちょっと衝撃的で、不思議な感じがした。店の作りも不思議で、奥にスナックのような酒瓶が並んだカウンターがあって、その横に居酒屋のような座敷席があって、窓際にレストランのようなテーブル席があった。ちょっとまともじゃない感じに足がすくんだ。つまり、いかにもヤバイ系の人たちが集まる店の雰囲気がもんもんと充満しまくっていたのだ。

Ｋたち一行は、座敷席に陣取り、そこに置いてあるテレビで、パレードの様子を撮影したビデオを上映して歓声を上げている。ぼくたちは邪魔にならないように窓際の席にひっそりと座った。貸し切りなのか、まだ時間的に早いからなのかわからないが、ぼくらのチーム以外に客はいなかった。

しばらくして、うつろな目をした髪型オールバックのウエイターらしき男が料理を持ってきた。その男は料理を置くと、数秒ぼくたちを見回し、ふっ、と鼻で笑った。肩を寄せあってビビりまくっているぼくたちの姿が面白かったのだろう。普通の高校生なら誰でもビビるって！　とか言いたかったが、もちろん言えず、「あ、ど、どうも」とぎこちなく頭を下げた。

料理は思いのほか豪華で、ステンレス製の大きなトレイ兼容器に、小ぶりのステーキが二枚乗っかっていて、ちゃんとＡ１ソースがかかっていて、かなりうまかった。ご飯もボートの底のような形の盛り付けでちゃんとしていて、付け合わせはミックスベジタブルで彩りも鮮やかだった。やはり店の種類でいえば、レストランでいいのだろう。かなりまともな料理が出てきて、ぼくたちは少しだけホッとして、ばくばく食った。途中、いきなりぼくたちの席にＫがやってきて緊張したが、おかわりしてもいいからどんどん食えとだけ言って座敷席に戻った。

顔が広くて太っちょのＩが、早くも食べ終わって、おかわりをしようとしたので、ぼくらは全力で止めた。ふざけんなバカ！　できるだけ早くここから脱出しようとタイミングはかってるのに食ってる場合か！　という抗議をうけてＩは渋々引き下がった。そんなぼくたちの席に、あの女の子が来て普通に座る。もうその頃になるとぼくらも慣れていて、なんとも思わない。Ｉが気軽に女の子の素性を訊き出すのを、ぼくたちはステーキを頬張りながら眺めていた。

「あたし、宮古の人じゃないよ」

女の子は、今でいうショートボブ鬼太郎カットの髪の毛を、猫のような瞳に半分垂らしながら、上目遣いにぼくらを見回した。

「那覇のディスコでＫと知り合って、面白そうだからついてきちゃった」

ぼくたちは一斉に凍り付き、お互い目を合わせ、声にならない言葉を交わした。

——け、Ｋの女かよ……。

どう見たって、どこから見たって、普通の女の子なのにＫについて来たって？　考えられない。そんなぼくたちの怯えと混乱を知ってか知らずか、女の子は笑みを浮かべながら、ぼくたちの今後の予定を、訊いてくる。

「これからどーするの？」

ぼくは顔を引きつらせながら、今、うちの親が旅行でいないので、ぼくの家で、少し反社会的な行為をする予定だという意味合いの答えを返した。女の子はそれに、いーなーと無邪気にはしゃぐ。

ぼくらは変な汗をだらだら流しながら、チラチラとKの様子を窺う。

今のところ、オトーリを回して、ゴキゲンなようだが、いつこっちに関心を向けて、おまえら、俺のオンナとなに楽しそうにしてんだ？　コラ、ちょっと来い、という事態にもなりかねない。そうなる前に、一刻も早くここから脱出しなければならない。Kよりもっともっと恐い本職の先輩をこの店に呼んだという話も聞こえてきた。

女の子は元の席に戻る様子はなく、ぼくたちにあの小悪魔的なほほ笑みを均等に分け与えている。五分ほど、とりとめのない話を女の子とした。何の話をしたのかまったく覚えていない。時間も五分だったのか、はっきりとはわからない。その後、どういうきっかけだったのかも覚えていないが、おそらく、賢くてしっかり者のAが、無政府主義者のパンク野郎（一つ年上で、実はいい人）に話を通したりなんかして、タイミングを見計らって、席を立ったんだと思う。少なくとも、ヘタレのぼくがどうにかしたことはないのは確かだ。とにかく、ぼくたちは逃げるように出口の階段を目指した。そこだけはよく覚えている。入り口付近にあった壊れかけの「非常口」の電光掲示板が急き立てるように、明滅してこう叫んでいた。

――早く逃げろ！

階段にたどり着き、先頭が降り始めたそのとき、最後尾のぼくのすぐ後ろで声がした。

「一緒に行っていい？」

振り向くと、女の子があのいたずらっ子のような笑みをたたえて立っていた。

それはぼくに対して言ったのではないだろう。ぼくたちに言ったんだと思う。だが、聞こえていたのはぼくだけだった。いや、聞こえたけど、無視していい距離まで離れていたのはぼく以外のやつらで、こっちは無視するのは不自然な距離にいたというだけの違いだ。

ぼくは彼女の顔をまともに見ることなく、いやぁ、どうかな、ははは、という曖昧な反応をしたと思うが、よく覚えていない。ぼくの表情は、もう、弄ぶのはやめてくれ、勘弁してくれ、という怒りにも似た懇願が浮き出ていたに違いない。

階段を駆け下りる。振り返ることはなかった。

ぼくは、あの瞬間の記憶を引っ張りだして、あのときいってたら、なんとかなったかもしれない（振り返り、あの娘の手を握りあの場所から連れ出すとか。電話番号教えるとか）という楽しい妄想をしながら、原付バイクのスピードをすこしあげた。だが、高揚するはずのぼくの心は逆に縮こまってゆく。

――なぜだ？　泣きそうなんだけど。なぜなんだ？

ぼくはもう一度、記憶を呼び戻し、あの瞬間を凝視する。

「一緒に行っていい？」

――くそっ、あの瞬間、あの娘は、笑ってなんかいなかった。逆だ。今にも泣きそうな顔をしていたんだ。笑っていたなんて、ぼくが都合よく記憶の捏造をしていただけだったのだ。ぼくは、あの娘を見捨てたのだ。

ぼくは、身体を必以上に縮こませた。脇をぎゅっとして、頭を下げ、できるだけ小さくなる。ヘッドライトを消した。誰にもこんな姿を見られたくなかった。でも、暗闇に紛れていたくても、連続する街灯が、みっともないぼくの姿を照らし出す。道はまるで、終わらない回廊のようだった。もう、ウォークマンのカセットテープは終わってしまって、クリストファー・クロスのハイトーンボイスも、ヒューイ・ルイスのハスキーボイスも、スティーブ・ペリーのストレートな歌声も聴こえてはこない。テープを入れ替える余力なんてない。

帰ろう。無力で愚かな自分をガラガラと引きずって、逃げ帰ろう。

マクラム通りから下地線へ、ぐるりと回って。

警察・ジプシー・チキンカツ

悪いことはなにもしていない。なのにドキドキしている。

ぼくは横目で、通りの向こうにある警察署をもう一度ちらりと見た。同級生のYとTはまだ昼メシをこの店にするかしないかでもめている。ぼくは昼メシなんてどこの店で食ったっていいと思っているが、彼らは違う。

一九八四年五月、正午過ぎ。街に学生の姿はぼくたち以外見当たらない。中間テストの一日目が終わった午後で、ほとんどの学生はすぐに家に帰り、明日の中間テスト二日目に備えている。勉強はしないまでも、みんな家に帰るらしい。テストは三教科で終わるので、昼メシにはまだ早い時間でもある。

いつもなら街は昼メシを求めてさまよう制服姿の高校生でいっぱいになる。ＹとＴも、五、六人、ときには七、八人で連れ立って、街にたくさんある食堂や喫茶店に食べに行く。ぼくがそれに加わることはめったになく、ぼくの場合、校則違反の通学に使っている原付バイクを駆って、五分で家に帰って食べる。

途中、平良中学校前の富永商店から三百五十円の弁当買うか、家で、箱買いしているヤクルトラーメン（ヤクルトが発売していた袋麺で、ヤクルトの味がするわけではなくシンプルな醤油ラーメンでチャルメラに近い）を作って食べるか、昨日の夕飯の残りで済ませることがほとんどだった。

ラーメンか残り物だと一日五百円のメシ代がまるまる浮くが、金を貯めて買おうと思うほどの欲しい物はない。服はジーンズと、ちょっとしたシャツでもあればいいいし、本も読まないし、映画もレンタルビデオだし、音楽は貸しレコード屋とＹが作ったベストカセットテープだし、反社会的行為の費用もワリカンだし、バイト代もかなり残っている。欲しいものどころか、将来、何に成りたいかもわからない始末のぼくだった。

ＹとＴや、その他の連中から、今日は食いに行こうなどと頻繁に誘われるが、ほぼすべて断っていた。メシだけは一人で食いたい。他のことならワイワイやるのは大好きなのに、なんでメシだけこうなのか理由は自分でもよくわからない。

そんなぼくが今日はのこのこついて来た……というわけではない。誘ったのはぼくのほうだ。試験が済んだら当然のように帰ろうとしていた彼らを、今では思い出せない忘れてしまった用事（おそらく誰かに何かを頼まれた）に付き合わせ、目的の場所に行ったのだけど、その用事が突然なしになって、このまま家に帰るのもしゃくだったのと、たまには付き合いを良くしておこうとでも思ったのかもしれない。試験中で、人も少ないのも好都合だった。ぼくは試験でいい点取ろうと思ったことは一度もなく、勉強なんてする予定はまったくない。試験なんて赤点ぎりぎりでいいのだという考えだった。Yもきっとそうだろうと勝手に思い込んで、今からなんか食いに行こうと誘ったら、「珍しいな、明日、ヤリでも降るんじゃないか？」とかなんとか言いながらノッてきたのだった。もしかしたら、その表情はこわばっていたのかもしれないが、ぼくはそれを汲み取るような思慮なんてこれっぽっちも持ち合わせていない。その証拠に大学進学を決めているTまでついでに誘っていたのだ。

予定していた用事は、どういうものだったかほとんど覚えていないが、わざわざ時間を割いて普段来ないところまで足を伸ばしたけど、肝心の本人がいつまでたっても現れなかった——という脱力系宮古島スタイルというやつだった。

ここで話は少々ずれる。

宮古島の人なら誰でも（最近の子供たちはどうか知らないけど）、おそらく一人残らず知っていると思う、久松五勇士。

日露戦争当時、ロシアのバルチック艦隊が宮古島沖を航行しているという知らせを受け、久松部落の五人の漁師が、サバニ（小舟）をほぼ一昼夜漕いで、本土との通信手段のある八重山まで行ったという、宮古島ではおなじみの英雄譚である。

でも、詳しくは知らない人が意外と多いのではないか。かく言うぼくも、大人になるまで詳細は知らなかった。なので、あの国民的作家の司馬遼太郎の代表作『坂の上の雲』に宮古島の章があることに驚き、中身が久松五勇士の話だったのにも驚き、それがどこまで事実なのかは置いといて、単純に、実は久松五勇士ってすごいんだ！　と感動してしまった。

司馬遼太郎調べによると、五人は、ほとんど自殺行為に近いという夜の荒波の中へと漕ぎ出し、出発まもなく、若い漕ぎ手のひとりがパニック状態に陥り、使い物にならなくなって、あとの四人だけで漕いで到着したという。そして、八重山に着いて休む間もなく、内陸部にある無線機が置いてある場所まで二十キロ、つまり、往復四十キロの道のりを走り、その日のうちに、また手漕ぎで宮古島に帰ったというのだ。まさに命がけのトライアスロンだったのである。だから宮古島でトライアスロンは盛んなのか！　というわけでもないのだろうが、おもしろい偶然である。

そして、時は流れて二〇一五年、久松五勇士一一〇周年を記念して、その偉業を称えようと五人の若者が集められ、当時の再現が行われることになった。ぼくはたまたま、その企画を特集した地元のケーブルテレビの番組を——途中からだが——見ることができたのだが、これが最高だった。

出航の朝、ウタキ（拝所）にメンバーと関係者と部落の人たちが集まって、徳の高いツカサンマ（宮古の巫女）による安全と成功の祈願が行われる予定だったが、なかなか始まらない。関係者の動きが慌ただしくなる。——なんだ？　どうした？　と思って見てると、どうやら、メンバーのひとりが現れないらしい。携帯電話にも出ない。これはただ事じゃないとザワザワし始めたところに、やっと携帯電話に出て、こない理由が判明する。なんと、昨夜、緊張しすぎて眠れなかったので、酒をしこたま飲んで、今まで寝ていたという。おそらく自宅以外で飲んでいたのであろう。テレビ画面を通して、すべての思いが弛緩していく感じが伝わってくる。人々の表情は怒りではなく、呆れ、そして許容だ。

そうなのだ、こんなことぐらいで憤っていたら、この島ではやっていけない。こういう事例はいくらでもあるし、発生し続けている。受け入れるしかない。一九八四年五月の正午過ぎのぼくたちのように。

歴史的にそうなのだろうか？　外敵に対する自衛の手段のひとつなのかもしれない。この小さな島での内紛は命取りに成りうるのは容易に想像できる。でも、それにしては酒飲んで、しょっちゅうケンカしてるけど？　個人対個人はまた別なのだろうか？　まぁ、そのへんはよくわからない。

ぼくはこのすべての思いが弛緩していく風景は嫌いではない。そこには、宮古島の良いところと悪いところが凝縮されている。ちゃんとした島民、新島民の皆さんには申し訳ないけど、綺麗な海などと一緒で、ずっと変わらずにいて欲しい宮古島の風景のひとつだ。

特集番組ではその後しばらくして、寝ぼけまなこで髪の毛ボサボサの若者が、申し訳なさそうに現れるが、そんな彼に対して誰も声を荒げる事もなく式は始まり、無事出発したが、悪天候で途中リタイアという結果だった。

それにしても、あの遅刻してフラフラだったあのお兄ちゃんは、あの状態で本来の力が出せたのだろうか？　出せなかったとするなら、図らずも、本家の五人のうち一人は使い物にならなかったという状況まで再現してしまったということなのか。しかも、途中リタイヤで本家の偉大さをも立証してしまうという。これはこれで大成功だったんじゃないのか。

話を戻そう。

試験期間中に、試験が終わって普通なら明日に備えてまっすぐ家に帰るのだが、誰かに約束をすっぽかされて、めったに昼メシを誘わないぼくが、TとYを誘って、宮古高校生の食事エリアからは遠く離れた、元々約束した誰かの指定の場所で食事処を探している。

本当は、試験期間中にのんびり昼メシとか食ってる立場でない。高校三年生の五月といえば、卒業後の進路など、これからのことを真剣に考えなければならない時期なのだが、どうもぼくの思考はそういうモードに切り替わらない。そもそも、未だかつて物事を真剣に考えたことがあったかどうかもあやしい。一応、真剣に考えているふりはしているが、バレるのは時間の問題だろう。漠然と、「東京へ行く」では通用しないのは知ってはいるが、どうにもならない。東京行ってなにするんだ？　と問われたら、口ごもるしかない。ため息をつきながら、交差点の向こう、坂道を挟んだ一角にある警察署をまたちらりと見る。

空気が磯臭い。この坂を降りると港に出る。関係ないことだが、ぼくは小学校の頃、夏休みの早朝、ブレーキが壊れている自転車で、この坂を全力で疾走して、普通に鉄の門柱に激突して、顔面の半分を倍に腫らしたことがある。なぜ無事に止まれると思ったのか謎である。

警察署の前なんていつもなら通り過ぎるだけで、もっとも留まるべきではない場所なのだが、成り行き上仕方がない。その店を見つけてしまったのだから。

「大丈夫だろ」

Yが言ったので、ぼーっとしていたぼくは、へ？　という顔でYを見るが、ぼくに言ったのではないらしい。議論は続いている。ぼくらが原付バイクを停めた真横にある店のことだが、この店がスナックなのか？　それとも喫茶店なのか？　である。スナックだった場合、高校生が入ったら怒られるのでは？　と懸念を示したTにYが、スナックだったとしても、ランチ始めましたって紙が貼ってあるし、昼間なんだから入っても大丈夫だろと言ったのだった。

それでもTは、「でもなー」とまだ渋っている。確かにその店は人を寄せ付けないような佇まいであった。窓はないし。分厚い木製のドアはおまえらみたいなチャラい高校生ごときの来るところではないと主張しているようだった。

ぼくはその議論には加わらず、決定は昼メシのプロフェッショナルたちにまかせて、ぼーっとしていた。

今考えると、そんなあやしい店など入らずに、他を探せばいいじゃないかと思うけど、なにかとチャレンジしたい年頃だったのだろう。いつもとは違う非日常な状況も、それに拍車をかけたのかもしれない。

結局、二人は決められず、こんな店を見つけたおまえが決めろというボールをこっちに投げてきた。ぼくはこれから新たに店を見つけるなんて、途方も無い作業に思えたので、「じゃ、ここで」と昼メシのアマチュアらしく軽く言う。警察署を横目に見ながら、ぼくらは店の重い扉を開いて中へと入った。

その店の名は「ジプシー」。

入ったすぐのカウンター席で爪をいじっていたジプシーが、「いらっしゃい」と、アンニュイのお手本のような口調でぼくたちに言った。

彼女は、ぼくたちの目にはジプシーとしか映らなかった。絞り染めのようなペイズリーのような柄の、かなりゆったりしたシャツに、細身で裾の広がったジーンズを自然に着こなしている。胸あたりまであるソバージュの長い髪は茶色に染められていて、まつげが長く、目鼻立ちがはっきりとした、スレンダーな年齢不詳の美人さんだった。

もし、あのときのぼくになにか言うとしたらこう言う。「おまえそれ、ジプシーというよりヒッピーだからね。ま、どうせ違いなんてわからないだろうけど」

少し固まり気味のぼくたちにジプシー姉さんは首を幾分かしげて「どうぞ」と奥のほうを視線で示した。ぼくたちがそれにぎこちなく会釈をしたそのとき、カウンターの一番端っこで人の動く気配がして目をやる。そこにいた角刈り痩せ型の色白のお兄さんが、新聞をゆっくりと畳みながら、ぼくたちをジロリと睨んだ。ビビったが、すぐに席から立って厨房に向かったのでホッとした。コックさんのようだ。いや、コックというより料理人、いや、板前に思えた。角刈りだし、日本料理屋の板前さんが着るような白衣着てたし、顔も沖縄風ではなく、もろ内地風だし。なんで、内地風＝板前だと思ったのかわからないが、確かに、ドラマの「前略おふくろ様」に出ていてもおかしくはない、何かワケありのタイプだった。

ぼくたちはジプシー姉さんに促されたとおり、一番奥の席にコソコソと座った。

結局、店がスナックだったのか喫茶店だったのかよく覚えていない。ただ、ＢＧＭがずっとエレキギターのソロだったような記憶がある。ジミ・ヘンドリックスだったかもしれない（しかし、これはあまりにも都合のいい記憶なので、記憶の捏造の可能性が高い。ポール・モーリアなどのイージーリスニングだったかもしれない）。店の内装もほとんど覚えていない。喫茶店でもスナックでも通用しそうな内装だった気がする。

ぼくたちは、お姉さんが持ってきたメニューを一応受け取るが、店の外に貼られてあったチキンカツセットを注文する。お姉さんは承諾したというリアクションを返すこともなく、メニューを引ったくるように受け取って去って行く。お姉さんの手首のたくさんのブレスレットがカラカラと音を立てた。

まず、スープが来た。何のスープだったかわからないが、やたらうまかったという記憶がある。この時点ですでに、ぼくたちは落ち着きを失い始める。次に、拳ほどの大きさのチキンカツが二つも乗っかった皿が置かれ、これとは別の皿に山盛りのサラダと、さらに別の皿に大盛りのライスがテーブルの上にドンと置かれた。ぼくたちはそれをわずかに震える手でフォークとナイフをぎこちなく使い、震える口に押し込んだ。

味は申し分なかった。これだけ肉汁たっぷりのチキンカツなんていままで食べたことはなかった。そしてさらに、それらを食べ終える少し前に、アイスコーヒーが運ばれて来た。

ぼくたちは、え？　という表情で顔を見合わせた。そのコーヒーは街の食堂なんかにある、ご自由にどうぞ的な、若年層の糖尿病患者を増加させる会推薦の、あの超甘いシロモノではなく、ちゃんとガムシロップとミルクを自分の好みで入れるような本格的なやつだったのだ。香りも本格的なそれだった。ぼくたちは目を泳がせながら、緊急会議を開催する。だってこれ……。

そのとき、店の重たいドアが開く。目を向けると、大柄の大人の男たちが四、五人ドカドカと入ってくる。只者ではない雰囲気がバシバシ伝わってきてぼくたちは目立たないように身を縮こませる。この男たちの正体はすぐに判明する。最後に入ってきた、この集団の一員らしき男の服装は、紛れもない警官の制服だったのだ。

現在の民間のナントカ警備保障のようなタイプに変わる前の制服は、かなり威圧感があった。こんな、ただならぬ雰囲気を醸し出す集団といえば他には、非合法の組織の人たちしか思い浮かばない。

ますますマズイことになった。いや、別に悪いことなんてしていない。ビビることなんてない。ぼくらはお互い言い合ったが、まるで効き目なし。とくに、過去に警官にぶん殴られた経験のあるTのビビりようはひどかった。そんなにビビるなよと言うぼくにTは、「そもそも、俺がおまわりさんに殴られたのはおまえのせいなんだからな！　自分だけうまく逃げやがったくせに！　俺、あのときバコーンって吹っ飛ばされたんだからな！」と、あのときの話を蒸し返された。正確には逃げ切れたわけではない。確かにうまくやって殴られずに済んだのは事実だが、それはまた別の話だ。

「どーする？　誰か先に出るか？　そろそろ出ないと変に思われるぞ」

こんなビビりまくりの状況に、なぜかぼくの表情は緩んだ。ビビってることはビビってるのだが、おかしくておかしくて仕方がなかった。だって、「ジプシー」という店に、ほんとにジプシーがいて、その横に「前略おふくろ様」的なワケありの板前がいて、超うまいチキンカツが出てきたうえに、大量の警察官だ。そして怯えまくるバカな高校生。まるで、シュールなコントじゃないか。シティーボーイズや、スネークマンショーあたりがやりそうな設定だと思った。

ニヤニヤしていると、YとTはそんなぼくを見て、まーた始まったと呆れ顔になり、大きなため息をつくと、ビビってるのがアホらしくなったとばかりに緊張が解けて、ほぼ同時にお冷を飲み干し、ほぼ同時に立ち上がりスタスタと出口へと向かう。

「おい、ちょっと待てよ」あわててついて行く。

その場を弛緩させたぼくは、あの五勇士の遅刻兄ちゃんと同類なのだろう。

結局、無事会計を済ませ、すんなりと店の外に出て拍子抜けする。だが、まだ安心はできない。あのワケありの板前か、おまわりさんに、「おい、ちょっと待て」と呼び止められるかもしれない。少しだけだがそんな考えが頭をよぎり、店の前に停めてあった原付バイクにそそくさとまたがるが、あまり急ぐとみっともないので、精一杯抑制して、ゆっくりキーを差し込んでエンジンを始動した。ちらりと、店のほうを見た。

〝チキンカツセット・350円〟

確かに貼り紙にはそう書いてあった。この値段で、あの豪華さだったのだ。

ぼくたちが見間違って注文したわけでもなく、ジプシー姉さんが聞き間違えて、超豪華チキンカツセットを持ってきたわけでもなかった。どんな形にせよ、間違っていた場合に、持ち金五百円では到底足りない。ヘタすると千円以上するかもしれないと思い、どうしようかと狼狽えていたところに、警察官がぞろぞろと侵入してきたのだ。そりゃビビる。誰か一人先に出て、お金を取ってこようかとまで話し合っていた。

無事、表に出られたぼくはホッとして、少し余裕が出て、それにしてもおもしろいシチュエーションだったと思い返す。そして、こういうことを意図的に創りだす仕事が存在することにも思い至る。

「オレたちひょうきん族」「お笑いスター誕生」「ビートたけしの思わず笑ってしまいました」「スネークマンショー」などにハマりまくっている自分にも気づく。

演じるのは無理だが制作の末端くらいには関われるのではないか？

去年、文化祭のクラスの出し物の演劇で、「ロミオとジュリエット」を演出するはずだったインテリのクラスメイトが、プレッシャーでダウンしてしまって、急遽ぼくがやることになって、いろいろ手を加えて、最後のあのシーンではロミオをジュリエットに殺させた挙句、そのジュリエットに十文字切りの切腹をさせて、ＢＧＭに西城秀樹の《愛の園》をフルで流したら変な感動が生まれて褒められたりしたこともあったから、そういう道は向いているのかも知れない。と、軽薄な高校生らしい、すごく安易な考えが浮上していた。

ぼくたちは原付バイクを用心深くノロノロとスタートさせ（警察署の前なのだ！）、交差点をまっすぐ行き、市場方面を目指す。そこを左に折れて、ボウリング場に向かうためだ。なんと、試験期間中にもかかわらず、今度はボウリングをやろうとしているのだ。言い出したのはもちろんぼくだ。なんだか、気分が浮き立ってこのまま帰りたくなかった。

――もしかしたら、自分の行く道が見えたかもしれない！　そう思って、赤信号に引っかかってもニヤついている。そんなのは錯覚で、すぐに考えは変わったり、また浮上したりすることになるが、この時点ではニヤつきが止まらなかった。二人はそんなぼくを見て、またもやため息をついている。

そんな無防備にニヤついて調子にノッていると、死神が絡め取ろうと近づいてきても気づくまい。

あの店は、やはりと言うべきか、ほどなくして潰れてしまったが、今でも、また別のジプシーの二人が、日本のどこかの警察署の近くで、同じような店を開いて、安くて激ウマなチキンカツセットを作って、バカな高校生を震え上がらせているかもしれないと考えると、なぜだろう？ニヤついてしまう。

「アミが、無免許でパクられたってよ」

と、題名をつけてしまうと、あの現代高校生の群像劇の傑作である、コミュニケーション過多で、人間関係「命」的な空気の読み合いという、どうしようもない閉塞感いっぱいの学校生活のスクールカーストとかいうらしい序列の中で自我を保とうする高校生の心の変化を見事に描いた小説『桐島、部活やめるってよ』みたいな話と思われるかもしれないけど、ぜんぜんそうではなく、バカは単純にバカのままで存在を許された時代の話で、いや、当時の高校生もそれなりに閉塞感に包まれてはいたとは思うけど、ぼくたちの中にそれを感じ取れるほどの高級な感性はまだミジンコほども育ってはおらず、『桐島―』との共通点といえば、高校生の話というだけで、当時考えていたことといえば、ただひたすら東京に憧れ、アメリカに憧れ、将来はというか、卒業したらどっちかに行こうと思っていて、アメリカ行きは黒人のギャングに銃で撃たれたり、白人のデブにチェーンソーでバラバラにされたりしたらイヤなのでやめておいて、とりあえず東京に行くということだけ決めつつあって、行く理由は現在考え中で、だからといってここ宮古島が嫌いってわけでもなく、好きかと訊かれれば好きだと答えるし、ただ、最低一回はここを出て、別の世界を見たいという単純さしかないけれど、これはもしかしたらぼくたちの人生において、けっこう重要な選択だと薄々は気づいているといった具合だが、東京へ行けばきらびやかなアーバンライフを満喫できると考えるほどには単純ではなく、おそらく、漫画『男おいどん』みたいな四畳半で極貧な生活になるだろうことはわかっていて、ただ、そういう都会の中の貧乏生活にも憧れているような、七十年代フォーク気質も持ち合わせているという、まあ、行ければなんでもいいのだけれど、でも、最近は親戚が大量に住んでいる沖縄本島に気が向いていて、そうなれば甘え放題でラクしまくりだなと、ぬるま湯ライフもいいなと、東京なんて生き馬の睾丸も引きちぎるぐらいの恐いところだし、へなちょこのぼくにはそもそも向いていないのではないか、きっと変な詐欺師に騙されて借金抱えてマグロ船に売られてしまうかもしれない、などと、なぜか誰にも強制されていない東京行きをやめるための言い訳を考えつつ、一九八四年の宮古島の高校三年生の夏を過ごしていた。

「奴隷だろ。マジで」

ぼくそう嘆いてみせたが、本心はそうでもなくて、このバイトが経験できるというだけで満足していた。時給二五十円のキツイ・キタナイ・クサイの3Kであってもだ（3Kの最後は普通クサイではなく危険なのだけど、危険ではなかったのでクサイにしてみた）。

実際、廃油を捨てるための古い浄化槽はメンテナンスはもう何年もされていなくて、それはもうめまいがするほどクサクて、この作業が一番嫌だった。油まみれのつるつる滑る一斗缶はひどく持ちづらくて、だからといって抱え込むわけにいかず（そんなことをしたらユニフォームが汚れて怒られる）、手だけの力でへっぴり腰のみっともない格好で浄化槽までヨタヨタと運んでいく姿はバイトの同僚の女の子たちには見せられたものではなかった。

――憧れていたファストフードのバイトってこんなんだっけ？ と疑問を持ちながらもへなちょこのぼくが三ヶ月も続いたんだから、たいしたもんだと思う。これが同じ労働量の別のバイトなら三日も持たず逃げ出していただろう。

今思い出してみるとけっこうな労働量だったなと思う。学校を終えて、午後四時頃バイトに入って、十分の休憩を挟んで、終わるのは十一時過ぎで、家に帰ると零時をまわっていたなんてざらだった。ほぼ八時間近く立ちっぱなしだったんだ。当時はそんなこと計算してなかった。

――途中から二交代制になったんだっけ？　よく覚えていない。あれ？　休憩って十分だっけ？　思い出せない。覚えているのは休憩といっても控え室があるわけでもなく、しょうがないので、隣接しているディスカウントショップの屋上の真っ暗な中で、店から提供された廃棄処分される予定だったバーガー類を一分で食って、あとはただボケーッとしていたことぐらいだ。ディスカウントショップの有線放送からは、やたらトンプソン・ツインズの《ホールド・ミー・ナウ》が流れていたっけ。ああ、少し思い出してきた。

ドラマや映画での〝夜の屋上に未成年の男子〟という設定なら、星空を見ながら、好きなあの娘のことやら、将来の夢のことやらに思いを馳せるのだろうが、ぼくはといえば、ほんとにボケーッとしていて、ディスカウントショップの隣の民家の窓を見るとはなしに見て、そこの奥さんと目が合っちゃって、奥さんにギロリと睨まれ怒ったようにカーテンをシャッ！　と閉められたりしていた。「え？　いやいや、覗いてねーって！」と、怒鳴るわけにもいかず、やり場のない怒りを抱えたまま、トボトボと肉を焼く仕事に戻った。まぁ、地味このうえない仕事だったのだ。

ハンバーガーショップのバイトなんて華やかなのは、レジカウンターに立つバイトの女の子だけで、その女の子たちの大半は未成年なので、十一時の閉店時間までは働かず十時ぐらいには帰っていたような記憶がある。ぼくたちも十分未成年なわけだけど、そんなことにはなんの疑問も持たず、奥の厨房で肉やパンを焼き、芋を揚げ、鶏も揚げて、閉店後には黙々と掃除をしてヘトヘトになるという繰り返しで、同僚の女子とのロマンスなどもまったくなく、いいことはホント少なかった。しいて言うなら、規則が緩くて、残り物をいくらでも食っていい特典があった。バニラシェイクを二リットル一気飲みなんてこともＯＫだった（その直後、友人の家に行ってそこのトイレで二時間ほど過ごすはめになったが）。まぁ、なんともショボい特典ではあったけど、ハンバーガーショップでバイトというザ・アメリカ文化的な状況に組み込まれているだけで満足だった。もう少し続けてもよかったのだけど、高校最後の夏休みには沖縄本島に超おバカ三人組で旅行することが決定していたので、それまでに辞めることにしたのだ。

その辞める日も間近に迫った夏休みの前半のある日、バイトに入ってみると厨房がやけにわさわさしていた。

「おまえ、これカママ嶺公園前広場にある、うちのブースまで届けて来い」

小さい方の店長が、バンズを入れておく用の平べったい箱を持って、ぼくに言った。

箱の中を覗くと、バーガーとチーズバーガーがぎっしり詰まっている。どういうことなのか訊いてみると、なんの祭だかフェスだか忘れたけど（時期的に宮古まつりかもしれない）、カママ嶺公園前の広場で何かイベントが行われていて、そこに、うちの店が出張販売的なやつをやっていて、補充のバーガーを届けるようにということだった。そこには大きい方の店長がいるから、その指示に従えという。

この店長二人組はまるで、『スターウォーズ』のC―3POとR2―D2のような、つまり黒澤明監督作『隠し砦の三悪人』の太平と又七のような凸凹コンビで、べつにいがみ合ってはいないけど、性格からなにからまるで違っていた。

第一印象は大きい方の店長はちょっとかっこよくて仕事ができそうで、小さい方の店長は自分がドジってやらかす割にはぼくたちに口うるさいので、ぼくらは大きい方の店長に好感持っていたのだが、しばらくすると、大きい方の店長の緑の血が流れてるような冷血な雰囲気――ニコニコ笑っていてもまったく目は笑っていない――に若干引き始めて、小さい方の店長の、ドジっ子でうるさいけど嘘をつかない実直な性格に惹かれ始めていた。ぼくのほうもなぜか気に入られて、バイト最終日には、肉を焼く鉄板でわざわざ材料を買ってきて焼きそばを作って食べさせてもらった。正直、ソース焼きそばは好きではなく、あのときぼくはどんなリアクションで食べていたのだろうと思い出そうとしたが、まったく覚えていない。頼むから無理にでもおいしそうに食べていてくれ、間違っても超おバカ丸出しで、「ホントは好きじゃないんです」ゲラゲラ。みたいなことはやっていないでくれと祈るばかりだ。祈ったところでなんの意味もないのだけれど。

小さい店長はこの一年後くらいにハンバーガーショップを辞めて、西里大通りに自分の居酒屋を開店させ、現在でも続いてる人気店にした。ここまで続いている秘訣は間違いなく、あの実直な性格なのだろう（ずっと独身らしいけど）。なんだか、こっちまで誇らしい気持ちになるから不思議である。ぼくは一ミリも関係ないのに。

ぼくは緑の血が流れる店長が待つ、カママ嶺公園前広場に、誰かから借りた大きめの原付バイクに大量のハンバーガーとチーズバーガーを積んで、祭りの人出で渋滞しまくりの道路をスイスイと抜けて難なく到着する。派手なユニフォームをジロジロ見られるのはとっくに慣れた。

うちの店のテント——あの運動会などで偉い人たちが座るために張るやつ——を張ったブースには緑血店長と男女のバイトが一人ずついて、忙しく立ち働いていた。

ぼくがバーガーを渡して店に戻ろうとすると、誰かに呼び止められた。見ると同級生の太っちょのIが隣のブースでくつろいでいる。手には生ビールが入っているらしいでかい紙コップを持ってご機嫌だ。寄って行って話を聞くと、その生ビールを売っているブースは知り合いがやっていて、飲ませる代わりにちょっとだけ手伝っているということだった。

ぼくはIが「飲めよ」と差し出した紙コップを受け取って、通路から見えないようにしゃがんでごくごく飲んだ。ほとんど泡だったが、暑くて喉も乾いていたのでやたらうまかった。通路からは見えないけど、隣のうちの店のブースからは丸見えだったが、気にならなかった。一つ歳下のバイト二人はこっちを顔引きつり気味にちらちら見ていたが、緑血店長はまったく気にする様子もなく、バイトがバーガーを並べる作業をぼんやりと見ていた。他人には関心がないのだろうなと思った。自分が監督すべき未成年がすぐそばで飲酒していて、それが通報されたりして問題になれば、自分もただでは済まないのは明らかなのに、あの放置っぷりは、他人どころか、自分にさえ関心がなかったのかもしれない。

でも、ぼくが気にしなかった理由は、緑血店長の心の闇的な部分を感じ取っていたからではなく、ちょっと前に緑血店長に「おまえ、店やめたら家来いよ。酒でもなんでも好きなだけ飲ませてやるよ」とニヤニヤとしながら——目は笑っていない——言われていたからで、心の闇の部分を具体的に何かの選択材料にするほどの、そんな高級な感性はやはりヤギの糞一粒ほども育っていなかったのだ。

それにしても、太っちょのIはなぜそこにいるのだろう？　そのブースの人たちはどう見ても、ナイチャーなのだ。

年配の男性がひとり。二十代か三十代かわからないお兄さんがひとり。ぼくたちとそれほど変わらないような若い女の子が二人。女の子のほうはよく覚えていないが、お兄さんのほうはサングラスがよく似合った渋めのイケメンだった。頬がこけるぐらい痩せていて、若いときのショーケン、萩原健一か、「あぶない刑事（デカ）」の頃の柴田恭兵に似ていたような記憶がある。しかし、これは記憶の捏造の可能性が高い。ラッツ＆スターの田代まさしのようだった記憶もある。マーシーはラッツ&スターの活動の他にバラエティ番組に進出して、お笑い芸人のようなポジションに収まっていて、後にあんな事件起こして、今では目も当てられない状況だけど、当時はラッツ全盛で、かなりかっこよかったので、この記憶もあながち間違いではないのかもしれない。お兄さんはマーシーとは違い寡黙で、ほとんどしゃべらず、生ビールをサーバーから紙コップへ黙々と注いで売り子の女の子たちに渡していた。そう、かっこよかった。

ぼくが小声でIにどういうことなのか訊ねると、ああ、といった感じで答えた。それによると、ここの人たちはナイチャーはナイチャーだがIの親戚で、何十年も前に宮古島を出て東京で暮らしていて、最近戻ってきて宮古島に住むことになったのだという。年配の男性はIの遠い親戚で、お兄さんはその息子、女の子のひとりは娘で、もうひとりは夏休みで来ているその友達。父親以外は生まれも育ちも東京で、今回はじめて宮古島の地を踏んだということだった。

なぜに、何十年も暮らしていた東京を出てこんな所に移住することになったのか？　などと、もう少し利口な高校生なら関心を持つところだが、生憎、ぼくは超がつくほどのバカなので、ふーんと言ったっきりで、すでに他のことを考えていた。それはどうやったらここに留まっていられるかである。ここには、あのあこがれの東京から来た人たちがいる。しかも同世代の若い女の子が二人もいるとなっては、ぼくはここにいる理由を考えざるを得ないのである。

当時は今のように、本土からの移住組やら観光客やらが普通にいる時代ではなく、こういうナイチャーとお近づきになる機会なんてそうそうなかったのである。太っちょのＩが熱っぽく語るオリジナルのラブソングの話を聞き流しながら考えた結果、出た答えはバイトの後輩（男子）と交代してもらうという普通の考えで、嫌がる後輩をかなり強引にねじ伏せた。緑血店長は好きにすればいいという予想通りの反応だった。

しかし、ナイチャーの女の子とお近づきになるどころの話ではなかった。客は絶えることなくひっきりなしにやってきて、ぼくたちはハンバーガーとチーズバーガーを売り続けた。なんで夏祭りにやってきてこんな冷めたハンバーガーを食べたいと思うのか信じられなかった。もっとお祭りらしい出店の食べ物がいくらでもあるというのに。

そんなぼくの考えをよそに、ぼくが持ってきたバーガーはがんがん売れ続け、祭り終了の少し前に売り切れた。

緑血店長は考えた結果、少数の補充の要請のため電話をかけにいった。ぼくはやっとお近づきタイムが出来たと喜び、隣に行って愕然とする。女の子たちの姿がどこにも見えなかったのである。

Ｉに訊いてみると、ソフトドリンク用の氷がなくなったので、その補充に行ったということだった。ぼくは、「おまえが行け、バカ！」とも言えず（彼女のたちとの繋がりはＩだけでご機嫌を損ねるわけにはいかない）補充のバーガーが届く前に女の子たちが帰ってくるように祈った。

緑血店長が帰ってきて、帰る客の渋滞がひどくて補充が無駄になるかもしれないとぼやくのが聞こえた。これはいい状況だと思った。ぼくが運んだ頃よりもっと混んでいるとなると、いくら原付でも足止めを食らうはずで、まちがなくバーガー補充隊の到着は遅れるだろう。距離的に見て女の子たちが戻ってくるほうが早いはずだ。ということは、重たい氷を持て余す女子と、やることがないぼくという絶好の相関図が出現するのだ。

ぼくはウキウキしながら、Iと紙コップ半分ほどの生ビールを回し飲みながら、Iが口ずさむ、こっ恥ずかしいオリジナルのラブソングの感想をのべ、さらにタイトルまで考えてやった。Iはこのタイトルを大いに気に入ったようだった。他人が聴けばちょっと引いてしまう赤面もののラブソングだが、本気で恋をしている本人は超真剣で、自分がリーダーとボーカルを務めるロックバンド（かなり有名）のライブで披露すると宣言したりした。

あとで、ラブラブすぎる歌詞をもう少しクールな感じにしたほうがいいと思うと提案しようと思った。しかし、その後、この曲は一度も日の目を見ることはなかった。理由は単純明快で、この恋が良い方向にいかなかったからだ。つまりフラれたのである。唯一ただ一人、あの歌を聴かせた人間がぼくだったのは運が悪かったとしか言い様がない。

当時、なぜかIはぼくに恋の相談をしていて、ぼくの家によく来ていた。相談といっても、Iが一方的にしゃべるだけで、ぼくのアドバイスなんて端から求めてはいないのは丸わかりで、その間ぼくはただボーっと音楽を聴き続けた。その音楽の中でIがすごく気に入った曲があって、それは、ピーボ・ブライソン&ロバータ・フラックの《Tonight I celebrate my love》(邦題は《愛のセレブレーション》。小柳ルミ子と大澄賢也が結婚式で踊ったあれ)で、この曲を一二〇分テープにエンドレスで録音させられたりした。まさか、三十年近くたってこの話を蒸し返されるとは、思ってもみなかっただろう。本当に申し訳ない。

話を戻そう。

ぼくたちは帰途につく祭りの客の雑踏から見えないようにテーブルの陰にダンボールを敷き、その上に通路を背にして座った。ぼくは片膝を立て、Iは両足をだらりと伸ばして、かなりリラックスしていた。

生ぬるいほとんど泡だけの生ビール(お兄さんはどうせ捨てるやつだと黙認のようだ)を飲みながらIはオリジナルラブソングを歌い、ぼくは今後の進路についてぼそぼそと話した。東京行きか沖縄本島行きか。どちらの話も一方通行だったけど、まったく気にならなかった。答えなんて求めてはいないし、そんなものは風にでも吹かれているとボブ・ディランがそう言ってたと最近Iから聞いた。

ここにも風は吹いてはいるけど、ひどく生ぬるくて、答えの代わりに焼いたイカのにおいが混じっていた。

帰途につく人たちの足音と、きれぎれの会話が生ぬるい風とともにぼくたちの頭上を通り過ぎていく。それはいつまで経っても途切れないさざ波のようだった。人々の会話はきれぎれすぎて聞き取ろうにも、きれぎれの話はきれぎれの意味しかなくてノイズでしかなかった。でも、うるさいとはまったく感じない。逆に耳ざわりがよい。

ぼくたちの会話はダラダラと続き、ぼくの「ヤバイ自慰行為の方法があるらしい」という話のあと、Ｉの「サメは凄い」という主張を最後に途切れた。

人工的なさざ波に揺られながら、ただボケッと座っている。

いい感じだ。疲労さえ心地よい。酔っているのかどうかはわからない。泡しか飲んでないし。

ぼくはこの状況がとても楽しくなってしまって、いろんなことがどうでもよくなる。

Ｉが、こっ恥ずかしいラブソングを愛しのあの娘に贈るために、ライブで披露しようがしまいが、将来サメの映画を撮ろうが撮るまいが、ぼくが東京の女の子と知り合いになろうがなるまいが、卒業後に東京に行って睾丸を引きちぎられようが、本島に行ってぬるま湯にちゃぷちゃぷ浸かろうが、どれもこれもどうでもよくなってしまった。

きっとどれもこれも重要なことじゃないのだろう。この世界には重要なことなんて何一つない気になっている。

世界がどんなに複雑でも、バカなぼくたちにかかればどうってことない。

さざ波はやまない。

ハンバーガー補充隊はまだ到着しない。

東京の女の子たちも帰ってこない。

なんか、忘れ去られた無人島にIと二人ぽつんと座っているみたいだ。

隣の島からバイトの女の子が眉をひそめてこっちを見ている。店長の姿は見えない。売るバーガーもないので客もいない。彼女もぽつんとひとり取り残されているように見えた。

「無駄だよ誰も助けには来ない」という顔をして見せたが、うまくいったかどうかはわからない。

もう誰も来ないままで、ここで寝てもいいと思っている。

すぐ横で誰かが通路からこっちに身を乗り出してお兄さんに何か言ってる。何を言っているかはノイズに混じっていて聞き取れない。お兄さんは身体の向きを変えて、奥にいる父親に向かって言った。

「アミが無免でパクられたってよ」

「はぁ？　何乗ってたんだ？」

「原チャリ」

ああ、ヤバイ。なんだろうこの感じ。すごいかっこいい。

ぼくは次の瞬間、IのだるだるのTシャツのえり元をぐいっと掴んで引き寄せて言った。

「おい、俺、東京行くから」

Iはぽかんとして、お、おう、といった感じにうなずく。ぼくはゲラゲラ笑う。笑いが止まらない。

隣の島のバイトの女の子が不思議そうに見ている。ぼくは、「安心して、きっと誰かが助けに来るよ！」という顔をして見せたが、うまくいったかどうかはわからない。

一年半ほど後、東京行きというぼくの願いは当初の予定より少し遅れたけど叶えられた。

ぼくが最初に留めた東京の記憶は、屹立する高層ビル群でも、祭りかと見紛うばかりの人の群れでも、車が信じられないスピードで行き交う高速道路でもなく、リハビリ専門の国立療養所の、暗くて長い冷え冷えとしたおそろしく古い廊下だった。ぼくはこの廊下をろくに動かない手足のまま車椅子に乗せられて運ばれながら、天井の剥き出しのくすんだ色の配管の列を見上げていた。

ああ、俺の人生詰んだな。そう思った。

もうね、苦笑しかないよ。

163 「アミが、無免許でパクられたってよ」

前夜のジョン・レノン

ジョン・レノンが嫌いだ。

いや好きだ。

《イマジン》も、《スターティング・オーバー》も、《ウーマン》も、《ハッピークリスマス》その他も大好きだ。

ただ、一九八四年十月二日、いや、明けて十月三日の深夜の時点では、それほどでもなく、というか、カッコ悪いという認識だった。

それは、一九八四年発売の《ノーバディ・トールド・ミー》という曲のミュージックビデオが原因だったのは確かだ。あのビデオのジョン・レノンはものすごくダサかった。おそらく、生前の映像の寄せ集めであろうその中で、ジョン・レノンは今風に言うなら、スベりまくっていた。オノ・ヨーコと二人で、聴診器を地面などに当て、ほら、ぼくたちアバンギャルドでしょ？ みたいな演出だったり、どこかの通路を白いスーツ姿のジョン・レノンが、ものすごく調子に乗った人がやりがちなダンスをしながら通り過ぎて行ったりした。オノ・ヨーコが乗った手漕ぎボートをへっぴり腰でオールを使って岸から離そうしていた姿もがっかりだった。

昔からのファンはおなじみのシーンだったのかもしれないけど、あの頃のぼくたちにはちょっとショックだった。——え？ これが、あの音楽史上もっとも偉大かもしれないロックバンドのビートルズのリーダー的な人だったジョン・レノンなの？ なんというダサさ。

後に、あの真心ブラザーズも《拝啓、ジョン・レノン》という曲の中で、「あのダサいおじさん」って歌っているし、彼の死の前後にその存在を知った世代の認識は、そんなものだったかもしれない。あの見た目と、パフォーマンスだけで、かっこいいと感じるのは無理がある。まぁ、真心ブラザーズはそういう意味でダサいと歌ってたわけでもないだろうけど。

ともかく、つい最近、洋楽好きの仲間内で「ジョン・レノンはダサい。いろいろスベってる」という話で盛り上がったばかりだったので、いつもの、深夜ラジオのはしごで、すごい雑音の中から「ジョン・レノン」というＤＪの声に引っかかったのかもしれない。おそらく福岡のラジオ局だと思う。ＲＫＢ毎日と聴こえた気がしたたし。

その頃の宮古島で聴けるラジオといえばＮＨＫを除けば、民放は琉球放送しかなく、ネットしていたＴＢＳ系の深夜ラジオは、好きだった「パック・イン・ミュージック」が終わり、後番組も長くは続かず――現在の一人勝ちの状況からは考えられないけど――かなり迷走していた時期だった。だから、ガサガサの雑音の中から、ラジオ沖縄がネットしている「オールナイトニッポン」を拾って聴くしかなかっのだけど、これがなかなか難しい。日によってはなんとか聴こえる日もあるが、ぜんぜんダメな日もある。なんとか聴こえていてもだんだん怪しくなっていくパターンも多かった。

おそらくその日もそんな状況で、ラジオのダイヤルを熟練の職人の如く、チリッチリッと０・何ミリかずつ動かして、オールナイトニッポンの微弱な電波をキャッチしようとギリギリの戦いが続いていた。ネットしているのはラジオ沖縄だけではないので、そこがダメだからといって諦めるわけにはいかない。しかし、こんなにも眠たいのにぼくは何をしているのかとやっと気づき、もう寝ようとしたそのとき、「ジョン・レノン」という声が聴こえて、ダイヤルをとめたのだった。

――ジョン・レノン？　あの超偉大なのにクソダサくてスベり倒してるおっさん？

番組はまだ始まったばかりのようで、今回の放送のメニューを紹介しているようだ。なんでも、ジョン・レノンがカバーした《スタンド・バイ・ミー》を流すという。

――《スタンド・バイ・ミー》だって？　あれはかなり好きだ曲だ。あれをあの偉大なジョン・レノンがカバーしていた？　初めて知った。これは聴かないでおられようか。

ぼくは薄らぐ意識をなだめすかしながら、そのときを待った。

流れるのは番組の後半のようでなかなか来ない。ノイズだらけのラジオはイライラを通り越すと強力な子守唄になる。

結局、寝落ちギリギリに聴いたジョン・レノンの歌声は、――まぁ、あのミュージックビデオの中の調子ノリすぎのおっさんキャラならそういうのもありだろう。としか思わなかった。というかすごく眠かったので、よくわからないという感想だったと思う。

――寝よう。明日は陸上競技大会だし。出るわけじゃないけど。

だが、なかなか寝付けなかった。はっきりとは覚えてないけど、おそらく、あの狂気じみた声（受信状態が悪いＡＭラジオで聴くと尚更そう聴こえたが、あとで聴くとそうでもなかった）が頭から耳から離れなかったからかもしれない。結局、眠れたのは明け方だった。

その音がドアのノックの音だと認識するまでに、やや間があった。拳銃でも撃っているのかと思った。ぼくの部屋は廊下を挟んですぐのところに外に出るアルミサッシの引き戸があるので、来訪者は玄関から来ずに鍵のかかっていない引き戸を開け、手を伸ばして直接ドアをノックする

(家族はすでに仕事・学校に出ていない)。それでも、今まで寝込みを襲われるなんてことはなかった。だいたい起きてる。

ふらふらになりながら開けてみると、イケメンの医者の息子が、イギリスの超人気のロックデュオ「ワム!」のギター担当を思わせる彫りの深い端正な顔で、一方、海底から引き上げられた岸部シローみたいなぼくに、「バイク置いといてもいいんだよな?」と爽やかな口調で言った。

——そうだった。

陸上競技場にほど近いぼくの家に(とは言ってもそんなに近くは無いけど)バイクを置いて行ってもいいと約束したんだった。

「おう、もちろん」とボロボロの岸部シローは答え、寝床に戻ろうとしたが、ワム!のギターは立ち去ろうとはしない。

——あ、そうか、一緒に行かないのか? ってことか。でも、眠すぎる。

「ごめん、俺、もうちょっと寝るから、悪いけど先行ってて」ぼくがそう言うと、ワム!のギターはちょっと寂しそうな顔で、ひとり陸上競技場へと向かった。

もし、あのとき、一緒に行っていたら、ぼくの運命は違ったものになっていたのかもしれない。そうとは知らず、ぼくはベッドに倒れ込む。

——なんならもう、行かなくてもいい。このまま昼過ぎまで寝て、弁当でも買ってきて食って、ビデオ借りて来て、そうだ、『遊星からの物体X』（二回目）『ブレードランナー』（三回目）のSF三昧にしてもいい。ぼくはワクワクしながら二度寝に入った。

今度はマシンガンをブッ放してるのかと思った。ドアを開けると、四人ぐらいいた。

――それはそうか。バイクを置いてもいいと許可を出したのは、なにもワム！のギターにだけじゃないんだった。

ぼくはまた寝ることを選択することもできたが、そうはせず、先に行こうとする彼らを自分が準備するのを待たせてまで、一緒に行くことを選んだ。

毎年恒例の島内四高校による陸上競技大会は、出場する陸上部以外は応援と観戦だったが、三年生は特例として、出欠を取らしたら帰ってもいいことになっていた。もちろん受験勉強のためだったが、やるわけがなかった。ちゃんとやっていたのは仲間内では、医者を目指していたワム！のギターぐらいなものだっただろう。

そういえばこの陸上競技大会では一、二年生は無理やり応援歌を歌わされていたけど、今でもそうなのだろうか？　やたら熱い先輩に、熱血な指導を受けながら大声で歌った覚えがある。それぞれの学校を揶揄する歌もあった。うろ覚えだが、油まみれの工業生とか、畑の中にうずくまる農高生とか、魚臭い水高生とか、エンピツがっこの宮高生とか、ちょっと面白かった。でも、大半の生徒は自校が勝とうが負けようがどうでもよかったわけで、三年生でそのまま残って応援するやつなんてほぼゼロだった。その程度の行事だったので、行かなくったってどうってことなかったのだ。しかし、ぼくは行くことを選んだ。

「じゃ行こうか」

ぼくたちは真っ青に晴れた、まだまだ夏の日差しの中をぞろぞろと陸上競技場へ出発した。歩いて十分の距離だったが、わずか十メートルほど歩いたところで、突然、ぼくたちの行く手を遮るように、ごついジープがキキッとタイヤを鳴らして停車する。運転席の窓から、多少知り合いで、卒業アルバムの写真を担当しているカメラマンのお兄さんが顔を出し、「乗ってくか?」と声をかけてきた。

断る理由はこの世界のどこを探しても存在しない。ぼくたちは、うひょー! と奇声を上げながら乗り込んだ。ジープは、陸上競技場へとトボトボと歩く他の生徒の群れを、ピューッ! と追い越し、歩くと十分かかる道のりを二分に短縮する。

——この優越感、たまらない。それにしても、朝からだいぶ運がいい。出発が数秒遅れていたら出会わなかった。きっと今日はいい一日になるに違いない。

ジープは、競技場入口に颯爽と乗り付け、ぼくたちは、「ジープで登場って、藤岡弘かよ!」などと言いながら、次々と飛び降りる。

思った通り三年生は出欠を取らすと、ほとんど帰っていた。来もしない奴も多い。ぼくは寝ずに来てしまったことを幾分後悔した。そして、ジープ組に何人か加わり、少し人数が増えた一群で、一応、陸上競技をしばらく観戦してみるが、やっぱり何の興味もないので、すぐに飽きてしまって帰ることにしたが、ぼくの家まで来て、そこで解散と思いきや、なかなかみんな帰ろうとしない。

ぼくの頭の中は犬の化け物と、「強力わかもと」の広告でいっぱいだったけと、だんだん――せっかく、あまりつるんでないメンツもいることだし、このまま解散も惜しいか――という気持ちに傾き、「まだ、メシには早いけど、どっか食いに行く?」と切り出し、同意を得ると、今度はその場所決めに移る。この近辺ではそのような店はないので、繁華街まで出ることにしたのだが、店の方はなかなか決まらない。

「じゃダックへ行こう」

ぼくがそう言うと、遠いという反対意見も出たが、賛成が多かったので、行く先はダックに決定する。

ダックは、小便の香り漂う夢の空間でおなじみの宮古琉映館の向かいにあった渋めの喫茶店で、当時のオシャレ高校生御用達の店だというのがぼくの認識だった。ぼくはそこに一回しか行ったことがなく、理由はよくわかないけど、おそらく、こんな片田舎でオシャレ気取ったところでしょうがないだろうと、カッコつけていたのかもしれない。もう一つのオシャレスポットのオシャレメニューの〝サンテラスのピラフ〟も成り行き上仕方なく一回食ったくらいで、だからどうして、行き先をオシャレ喫茶店のダックに選んだのかわからない。いやでも、これまたオシャレメニューだったかもしれない〝ジュニアのカツカレー〟はよく食べたので、オシャレ云々に関わりなく、ただ単純にそこにうまいものがあるかないか、というだけの話だったのかもしれない。

いずれにせよ、この選択もまた、ぼくの運命を決定づけたもののひとつだ。なぜなら、そこへ行く途中に誰かが二人乗りでパトカーに捕まって、その処理の間に、母親の軽自動車に乗った免許取り立ての同級生と会って、後に合流することになるからだ。

ちなみにあの〝ジュニアのカツカレー〟がうまかったのは、注文してから出てくるのが異常に遅くて、胃袋的にも精神的にも飢餓感が極限まで高まった頃に出てくるからではないか、という話もあった。ぼくしかしていない話だが。

果たして、ダックにはうまいものはなかった。ぼくが頼んだ江戸前焼きそばなるものはまぁ不味くて、三分の一も食べなかった。ジープ組の中にいた、ダック常連の誰かに勧められた覚えもあり、そいつは好きだったはずで、ぼくの好みに合わなかっただけで、人によってはうまかったのだろう。

——さて、帰るか。と店を出ようとするぼくは、窓際の席に座った二人の客に呼び止められる。見ると、二人ともぼくらの同級生で、超口の上手い男と可愛い女の子のカップルだった。その女の子が言うには、この前の体育祭の後夜祭で、ぼくが、ダメ元でフォークダンスに誘った学校のマドンナ的な女の子が誘われたことを喜んでいたという報告だった。それを聞いたぼくは有頂天になる。頭の中では、犬の化け物も強力わかもとの広告もスパッと消え去り、調子に乗ったジョン・レノンがダサダサのダンスを踊りまくっている。「へーそうなんだ」とか、クールをきどって、そのますぐ出ればいいものを変なテンションで、頭の中はダサいジョン・レノンなのでそうはいかない。「それでそれで?」などと聞いてしまう。

その一分弱の時間もワナだとは知らずに。

その日はというか、前日からずっと変な日だった。

どれくらい変だったかというと、ジョン・レノンの《スタンド・バイ・ミー》のカバーに変なハマり方をして、睡眠不足になるよりも前、ぼくは魔女に会っていた。

どういういきさつか、まったく覚えていないけど、夕方になる前くらいの午後、誰かに「魔女に会わせてやる」と言われて、開店前のあるスナックに連れて行かれて、「魔女リカ」と名乗るおばさんに引き会わされた。引き会わされたとは言っても、そこには同級生の女子たちと、そこのスナックの持ち主と思われるおばさんと、多分その親族と思われるおじぃがいて、ぼくたち少数の男子は端っこに座り、主に女子たちが魔女リカなる女性の話を聞いていた。恋愛運とか結婚運とか聞こえる。——なるほど、占い師ってわけか。まぁ、魔女には間違いないか。

ずいぶん派手なおばさんだった記憶もある。なんでも原宿では有名な占い師らしい。

ぼくはすぐにお呼びでない雰囲気を感じ取り、そそくさと帰ったが、あのとき、もし占ってもらって、「あんた死相が出てるわよ！　明日は家にいなさい！」とかなんとか言われていたら？なんて思わない。占いなんて全く信じてなかった。つまり、この自称魔女の存在はぼくの運命に何の影響ももたらさなかったのだが、前日から変な感じが続いていたということだけの補足的なエピソードなのだった。ただ、八十歳位のおじぃが、やたらと「魔女リカ、魔女リカ」と呼びかけているのが、すごい違和感があって面白くて、ずっとニヤついていた。

話を戻そう。

とはいっても、結局、どこまで行ってもタラレバの話なわけで。

その後、ぼくたちが店を出て、絶妙なタイミングで、母親の軽自動車に乗った同級生と再会して、そのエアコンもカーステレオもない小さな車にぎゅうぎゅう詰めになって、観光地を巡るドライブをすることになって、シギラビーチその他で、怪しい観光ガイド（ぼく）と間抜けな観光客（ジープ組その他）という設定で、くだらないシチュエーションコントみたいなことを炎天下の中、長々とやってヘトヘトに疲れても、帰ろうという声は一切出ない。

それはそうだろう、同級生だけでドライブなどという楽しすぎるレクリエーションができるようになったのは、免許保持者がちらほら出始めたつい最近になってからで、もちろん自分の車なんてないので、こんな長時間自由にあっちこっち行ける機会は初めての経験で、疲れたから帰るなどという普通の考えを持つ者はいないのは当然だった。全員、頭の中が、調子に乗ったダサダサのジョン・レノンだったのだ。

この後、相変わらずのぎゅうぎゅう詰めのエアコン無しカーステレオ無しの劣悪な環境のまま東平安名崎に向い、その途中で、ぼくたちと同じような連中と合流して、西平安名崎まで行って、そこで休憩して、その間にぼくはエアコンもカーステレオもある他の車に、ちょっと涼むつもりで乗り込んだのだけど、元の軽自動車に戻らないうちに動き出してしまって、——まぁいいか。ここは天国。と、そのまま乗って、次の目的地（どこだか忘れたが）に出発して、本当の意味での天国に行きかけるという最終的な局面を迎える。いや、もしかしたら、行き先は地獄だったかもしれないけど、ここは天国ということにしておきたい。

車内が天国過ぎて、疲れていた身体に力が蘇っていくのがわかる。元々乗っていた連中も疲れてダレていたが、面白いバカが乗り込んで来たということで、どんよりとしていた空気が一変する。カーステレオから流れていた歌とかみんなで歌ったりして盛り上がる。どれぐらいの盛り上がりかというと、運転手がスピードの出しすぎに気づかず、ハンドルを切り損ねて、結果、空を飛んじゃうぐらい。

後続車に乗っていて、その瞬間を目撃した誰か曰く「西部警察かと思った。絶対、誰か死んだと思った」というレベルの超アクロバティックな事故に遭って、奇跡的に誰も死ななかったが、ぼくが手足の自由を無くすことになった。

というのが前日から当日の話なのだけど、今まで書いてきた中のぼくの行動の何かひとつでも違う選択、あるいは数秒でもズレていたら、また別の運命を生きることになっていたかもしれないなと。いや、それとも、どうやったって、たとえばタイムマシンであのときに戻って、どれかひとつの行動を捻じ曲げても、結果は同じだったというオチがお似合いなのかもしれない。

なんてことをグダグダ考えたところで、ぼくがこうなる運命なんて、ダサダサでスベリまくってるジョン・レノンが《スタンド・バイ・ミー》をカバーしようと思った瞬間に決まっていたのならどうしようもない。いまさら、《スターティング・オーバー》なんてできないのはわかってる。

と、さんざんジョン・レノンをスベってるだの、ダサいだのと書いてきたのだけど、それは、事故当日という重い話をジョン・レノンを絡めて書けば、ポップな仕上りになって、読みやすくなるのではないかと思ったからで、いわば苦肉の策なのだけど、結果、ドンズべっているのは、ぼくの方な気がして、この期に及んで、ジョン・レノンに申し訳ない気持ちになっている。

その後をもう少し書くと、ぼくは、ぺしゃんこになった車の中から引きずり出されて、救急車に乗せられて、宮古病院に運ばれた。

首から下はまったく動かない。というか、首から下が消えてしまったようだった。そんな状態で、宮古病院の長い廊下をストレッチャーに乗せられて、おそらくＣＴスキャンを撮るために移動している。

若い看護師が二人付き添っている。

「ねぇねぇ知ってる?」

「なに?」

「○○先生」

「ああ、○○科の?」

「そうそう」

「どうしたの？」

「○○病棟の○○さんとくっついちゃったみたいよ」

「うそ？」

「ほんとほんと」

「だって○○先生って婚約者いるんじゃなかったの？」

「そうなのよ。そこに○○さんが――」

「取っちゃったの？」

「みたい」

「へー、こわーい」

「ねー」

「誰から聞いたの？」

「誰からって、もう有名な話よ。知らないのあんたぐらいなものよ」

「うそー」

「あんたってそういうとこ鈍いよねぇ」

「ひどーい」

ぼくの心は絶叫する。
――ねぇねぇ、お姉さんお姉さん、それどころじゃないんだよ！

記憶Ⅳ

ぼくは雪を見たことがある

首しか動かない深くて寒い夜、窓の外がぼうっと明るくなった。

ぼくは、窓に向かって唯一自由な首をぐるりと回したけど、カーテンが邪魔で外の様子はわからない。カーテンをどかそうにも、頼みの左腕はピクピクと痙攣するばかりで使い物にはならない。それよりましなはずの右腕は、白くて硬いギブスの中だ。まぁ、右腕が開放されていたとしても、もう一つベッドを隔てた向こうにあるカーテンまでは届かないし、その手前のベッドを囲むカーテンでさえ開くのは困難だった。ましてや、二年前から沈黙したままのぼくの足では、そこまで移動するなんて不可能だった。

そのうち、もっと窓の外が明るくなる。ぼくは、どうにか見えないものかと首をのばしたりした。ギプスの中の右腕が、無関係にピクピクと震えた。ギプスをしているのは後遺症で通常の三分の一も動かない右腕の稼働率を少しでも上げるために手術を受けたためで、なにか怪我をしたわけではなかった。その手術の効果はちっとも感じられなかったけど。

——窓の外では何が起きているんだ？　なにか工事でも始まったのか？　こんな夜中に？　そんなわけはない。いつもよりすごく静かだし。ＵＦＯでも飛来したのか？　割りとマジでそう思った。

「トリ！　トリ！」

ぼくのベッドの斜め向こうから声がした。生まれも育ちも東京の下町（ビートたけしの出身地）で、三つ年上のＭくんだった。ぼくと同じでベッドから動けないので（動けることは動けるのだが、かなりの労力と時間を要した）、ぼくたちはこんなにも近くにいるのに顔を見ずに声だけで会話をする。

「トリ！　起きてっか？　おい、雪だぞ！　雪降ってんぞ！　おい、起きろよ！」

ベッドが窓際にあって雪が見えているらしいＭくんは、いつものイイ声で叫ぶが、ぼくは答えない。

「おーい、起きろよー！」

今度は真向かいのベッドから甲高い声がした。一つ年下で、練馬の暴走族の元特攻隊長だった

Aだ。こっちはぼくと同じくらいほとんど動けない。

「おーい、おーい、雪だってよー。寝てる場合じゃねぇぞー。おーい」

彼は柄は悪いが意外に律儀で、今でも旅行先での記念写真をプリントした年賀状を毎年欠かさず送ってくる。二〇一六年は、なぜかK－POPアイドルKARAのメンバーと、バラエティタレントの鈴木奈々との記念写真がプリントされた年賀状だった。彼女らとの関係性はよくわからない。

Mくんも A も元ヤンキーで、今現在でも、積極的に旅行に行ったり、ダイビングで海に潜ったりしている。ぼくは、元ヤンの人は総じて、どんな重い障害を負って車椅子の生活になろうとも、積極的に色んな所に行く、ぼくとは正反対の種族だろうと勝手に思っている。そういうことはどうでもよくて、当時、ぼくはここでは彼らと、その他大勢に「トリ」と呼ばれていた。それもどうでもよくて、彼らの呼びかけに、起きていながらぼくは答えなかった話が書きたいのである。

ぼくらは三人とも等しくベッドから一歩も動けないので、彼らは答えないぼくを揺り起こしにも来れなくて、ぼくも雪が降っていると言われても、どれどれ？　と窓との距離わずか数メートルを移動して、雪を愛でて、おお、これが雪かー、初めて見た、雪が降ると夜でも明るくなるのかー、そうか！　雪が街灯に反射しているんだ！　などと、驚いたり感動したりという常人には至って簡単な行為でも不可能なわけで、そんな自分の無力さや、いろんな物事をあきらめなければならない自分にまだまだ慣れてはいなかったから答えなかったのか？ いつもならヘラヘラ答えたのだろうが、この日はそうはしなかった。

寒さのせいなのか、雪のせいなのかわからない。

——ああ、これによく似た思い出がある。ぼくは、ものすごく古い記憶の引き出しからそれを取り出して、雪に照らされていつもより明るい病院の天井に透かしてみる。

その保育園の遊戯室は二階にあって、その日、時間は覚えていないが、ぼくらは壁際に並べられた椅子に座らされてじっとしているように言われ、じっとしていられないぼくはやたらと他の子たちにちょっかいを出し、怒られては席に戻るを繰り返していた。いつもより保母さん方の数が多くて、何かいつもと違う雰囲気も手伝って、ぼくの落ち着きの無さは三割増しになって、いつもより三割増しの注意を受けていた。ぼくがもはや何度目かわからない注意をうけて席についたとき、階段の下が騒がしくなったと思ったら、そこからサンタクロースがでかい白い袋を担いで上がってきた。

本物のサンタクロースだった。

いやもう、どこからどう見ても本物のサンタクロースだった。そこらへんのおっさんが赤い服着て付け髭してヘタクソなサンタっぽい演技をするあの似非サンタではない。彫りが深い角ばった輪郭に青い目、魔女みたいなバカ高い鷲鼻、まわりの大人たちよりひとまわりふたまわり大きい身体。おそらく偽物の長い白い髭だろうけど、それも本物にしか見えなかった。そして、日本語じゃない言葉を大声でしゃべり、ぼくらを怯えさせた。

おそらく、あれは米軍関係者の誰かだったかもしれないと思っている。一緒に来た女の人の服が軍服だった記憶が僅(わず)かにあったからだ。あの当時宮古島に米軍の基地はなかったとは思うが、だとするとわざわざ沖縄本島からやってきたのかもしれない。とにかく、凄い迫力だった事は覚えている。

本物はこわい。

ホーホーホーとか叫んでいる。

怯える子供たちを保母さんたちは必死になだめる。

「どうしたの、本物のサンタさんだよー。こわくないよー、本物だよー」

いや、本物だからこわいのである。

そんな迫力満点のサンタさんがプレゼントを配り始めると、おびえていた子供たちもおとなしくなった。みんな一心にプレゼント（今まで見たことがないお菓子）が取り出される白くて大きい袋を凝視している。しかし、ぼくは、プレゼントどころではなかった。ぼくは自分の真正面の十メートルほど先にある窓の外が気になってしょうがなかったのだ。

——見たい。あそこに飛んで行って窓から下を見下ろしたい。

そんな強い欲求と必死に戦っていた。

——だって、このサンタクロースが本物だとしたら、あの窓の下の道路にはソリとトナカイが停めてあるのだ！　いや、いくらなんでもソリないか、雪はないし。だったら馬車だな。馬車といっても宮古島の道をのんびり走っている二輪の簡素な馬車ではなくて、絵本とかに出てくる高級なやつだ。見たい。トナカイと高級な馬車がどうしても見たい。最悪、二輪のあれでもいい。トナカイだけでも見れたら満足だ。そう思うともうダメだった。

走り出したぼくを、保母さんたちは捕まえようとしたが、ぼくは身をかがめてすばしっこくすり抜ける。面白がって捕まえようとした友達の何人かに腕を引っ張られたけど、それも振り払ってついに窓に到達する。そして、窓の外に身を乗り出し顔を下に向けた刹那、追いついた保母さんに両脇に腕を通され抱きかかえられて、窓から引き剥がされて、泣きそうになりながら元の席まで運ばれる。窓の下が見れなかったから泣きそうになったんじゃない。見れたから泣きそうになった。悲痛な表情のまま椅子に座ったぼくの頭の中に、今見たイメージがリフレインされる。

——あそこにはソリはなくトナカイもいなかった。いつもの見慣れた道路に車が数台停められているだけだった。二輪のあれもなかった。いつもと違ったのは、停められた車の中に、深緑色の車があったぐらいか（やはり軍関係なのか）。

ぼくは悲しかった。ソリやトナカイが見れなくてがっかりではない。それはもういい。何が悲しかったって、本物のサンタクロースが、あんな普通の車に乗せられて連れて来られたということが耐えがたく悲しかった。そして、なぜかひどく申し訳なく思った。普通の車で移動なんてサンタクロースにとって屈辱だったにちがいないと勝手に決めつけて、ひとり顔を伏せて座っていた。本物のサンタさんに見たことがないお菓子を手渡されても、サンタさんとは目を合わせることができず、お礼をいう代わりに、聞こえないほど小さな声で、ごめんなさいとつぶやいた。聞こえたところで意味が通じたとは思えないが、サンタはぼくの肩をトントンと軽く叩いて次に移った。ぼくは勝手に落ち込んで、勝手に救われて、棒状のカラフルなでっかいお菓子を、いただきますを待たずに勝手に食って、しこたま怒られたけど、ぜんぜん落ち込みはしなかった。

そんな身体も心も自由な頃の古い記憶を、雪が創りだした半人工的で幻想的な空間に揺らしているうちに、いつの間にかぼくは寝ていた。

「どうだった雪？」「キレイだったよ。最初は灰が降ってんのかと思ったけど、次第に綿みたいになってキレイだった」「感激した?」「うん、まぁね」という会話を朝からぼくはもう五、六回は繰り返している。看護婦さんたちだけではなく、別の部屋の自由の効く患者さんたちが入れ替わり立ち替わりにやってきて、ぼくに初めて見た雪の感想を求めてきた。

みんなニヤニヤしていた。そのニヤつきにぼくはムッとしながらも、なんとかそれを感じさせないように対応していた。

一度止んでいた雪は、朝方からまた降り出して、昼食の頃になると止んでいたが、それまでに、ジャッキアップしたベッドから、窓越しにではあるが、たっぷりと雪を眺めることが出来ていた。たっぷりとはいっても、あまりじっと見ていると、初めて見た雪に喜ぶ子供のように思われかねないので、チラチラ見ていた。

午後三時頃になって看護婦さんがまたひとりやってきたが、しかし、これは予定通りのことで、一日一回ベッドから降りて、車椅子に乗って、ちょっと運動をするのが日課となっていた。運動とはいっても、身体がほとんど動かないので、ただ、車椅子で移動するだけという変な運動ではあったが、身体を座位の状態にするというだけでも快復の度合いが違うといわれていた。電動車椅子だったら、何とか不自由な左手で操作をして自力で移動もできるのだが、病棟の電動車椅子は三日ほど前から故障していて、普通の車椅子に乗せられて看護婦さんに押されて、ほんとに、ただ移動するだけだったので、今日はすごく寒いからいいよと断ると、その若い看護婦さんは「ダメよ。決まったことはちゃんとやるのよ。ほら起きるよ」と強引に起こされて、看護助手さんを呼ぶと、二人がかりでぼくを着替えさせて、車椅子に乗せた。

――まぁ、美人さんだし、いいか。

国立病院の長い廊下は風の通り道で、風洞実験装置のようで、おそろしく寒くて、歯がガチガチ鳴った（体温調節機能もバカになっているので、極端に寒く暑く感じる）。もう少し遅い時間なら、いつもつるんでる連中がリハビリ終わりに一緒に来てくれて、玄関のロビーにある自動販売機から、熱い飲み物を買って、手が自由なやつが飲ませてくれたりするのだが、今日は看護婦さんと二人だった。見舞に来ている人もほとんどいない閑散とした玄関のロビーまで行くと、また雪が降り出しているのがわかった。

ぼくたちは雪が降る前庭をしばらく眺めていた。人の出入りがあるたびに自動ドアが開いて外の冷たい空気が侵入してきて、ぼくの頬を刺した。

――あそこに出て行ってみたい。強くそう思った。――唯一、まともな感覚が残っている首から上に雪を受けたらどんな感覚が経験できるのだろう？　頬に、まぶたに、唇に、突き出した舌に、あの白くてふわふわしたものが触れたら、皮膚感覚的にはもちろん、心情的にも想像を超えた何かが経験できるのだろうか？

でも、看護婦さんに頭を後ろから両手で抱かれ、看護婦さんの胸の感触を後頭部に感じながら雪を眺めていると、そんな欲求は弱まってきた。

——この状態をもう少し続けるのもいいかもしれない。

すると、看護婦さんがぼくの耳元に口を寄せる。

「ねぇ、ちょっと外出てみる？」

「………」

「雪、持ってこようか？」

「いいよ。寒いからもう帰りたい」

「そう」

「うん、帰ろう」

おそろしく寒くて長い廊下を敗北感に包まれて病室へと運ばれている。廊下の窓から雪が見える。あの雪はため息のように、ぼくの不自由な心に容赦なく降り続けた。

ろくすっぽ動かないぼくの左腕が無意味にピクピクと痙攣した。

ちょっと外出てみる？　そう訊いた看護婦さんの表情がニヤついて見えるほどの心の不自由さは、今も残っているのかもしれない。そして、島に帰りたいという気持ちがまたじわりと少し大きくなる。

ずっと帰りたかったわけではない。徐々に少しずつその気持ちが大きくなったのであって、なにかはっきりとした理由はなかった。この病院に来て、入院生活にも慣れた頃、いろんな人に出会って、自分が置かれた状況がわかってくるにつれて、退院しても島には帰らず東京で暮らしていこうと考えていた。なぜなら、ここにはぼくと同じような人たちが大勢いて、ぼくのような人間が暮らせる環境が整っていたし、まわりにもそう勧められていた。それが、次第に帰郷へと傾いていった。考えてみても、これといった決定的な理由はないのだが、帰郷への欲求とはそういうものなのだろうか。

それにしても、なんでこんなにトロトロなスピードで移動しているのだろう。数週間前、この同じ廊下を入院仲間のKと「ケジメだよ！　ケジメ！」と叫びながら、疾走していたのに。ぼくのわずかに残った力でも、健常者の小走りくらいのスピードは出せた。

——そうだ、帰ろうかと思わせたものの中に、Kとのエピソードもあったな。と、思い出す。

「え？　あの人？　知らない人。知らない女の人」

静岡の漁業で有名な都市からやって来た新入りのKは、ぼくの「お母さん？」という問いにそう言うと、トボけた表情をした。年齢は二十歳のぼくより二つほど下だが、年齢の割には子供っぽく、彫りが深くてバタ臭い色白の、とらえどころのないイケメンだった。「冗談、冗談。あれ俺っち母さん」Kは地元の方言なのか訛りなのかよくわからない口調でそう言うとニヤニヤした。ぼくとKの最初の会話らしい会話はこれだったと思う。見舞いに来た家族が帰り、食堂にぽつんとひとりでいたKに、同じく食堂にいたぼくと誰かが近づいて行って、話しかけたのだった。

——なんでそんな意味のわからない嘘をつくのだろう？　明らかに、あの女性の立ち居振る舞いや、Kに向けるまなざしは母親のそれで、少なくとも絶対に他人ではなかった。変なやつだなと最初はそう思っていたけれど、すぐに仲良くなった。変なやつなのはずっと変わらなかったが悪いやつではなかった。交通事故で負った障害のレベルは、ぼくと比べると天と地くらいの差があった。手は普通に動くし、足も多少動いていた。でも、歩けるほど機能はないようだった。

ぼくとKがどれくらい仲が良かったかというと、ある日、同じ病棟にいた有名広域暴力団のS会の元ヤクザに二人で説教されたことがある。

「おめーよ、調子に乗ってんじゃねーぞ、コラ」

元ヤクザは、玄関ロビーの自動販売機で紙コップ式の熱々のコーヒー飲んでいたぼくたち（ぼくの手では熱々のコップは持てないのでKが買ってくれて、カップの縁を歯で噛むようにして、下にちょっと手を添えて飲んでいた）の前に小ぶりの車椅子を止めてそう言うと、Kを睨みつけた。そして、ぼくの方を顎で指すと「こいつ歳上だろうが、口の聞き方ちゃんとしろ、コラ。俺はそういうの見るとイライラすんだよ」

　Ｋはキョトンとした表情のまま固まっている。

　元ヤクザは今度はぼくを睨む。「おい、トリ、おめーもおめーだ、兄貴分のおめーがちゃんと教育しないからこんな小生意気なガキになっちまってるだろうが」

　――兄貴分？　ぼくたちはとりあえず謝る。すみません。

「わかってんのか？　ケジメだよ、ケジメ」

　ぼくたちはもう一度謝る。「すみません」紙コップを口にぶら下げたままなので、すごく間抜けだ。

「わかったのか？　コラ」

　ぼくたちは二人揃って気の抜けた返事をする。

「はぁ」

「だったらそこどけ。そのツラ見てるとイライラすっからよ」

　元ヤクザはぼくたちが道を開けると、舌打ちとともに車椅子を乱暴にスタートさせて、病棟へ向かって（たぶん）行ってしまった。

　元ヤクザの姿が廊下の向こうに消え、戻ってこないことを確認すると、ぼくたちは爆笑した。

「なんなんだよ口の聞き方って！」

「俺、いつから兄貴分だったんだよ！」

しばらく笑い続け、病棟に戻る時間が来たので、ぼくたちも車椅子をスタートさせる。

誰もいない長い廊下を疾走する。病院は車椅子の移動には最適なので、力の弱いぼくでもかなりのスピードが出せた。ぼくたちはゲラゲラ笑いながら「ケジメだよケジメ」などと叫び疾走する。しばらくの間ぼくたちの間でケジメが流行語になったくらいツボに入っていた。本当に小生意気なガキだったのである。

この、元ヤクザ説教事件が仲が良かった証明になるかどうかわからないが、そのまま続ける。

とはいっても、仲が良かったのは二人に限ったことではなく、歳が近い連中はおしなべて仲が良かった。それぞれ障害持ちという共通性がぼくらの仲を深めたのは間違いない。どれほど仲が良かったかというと、くだんのＫに、病院の近所にあるレンタルビデオ店からビデオデッキをレンタルさせてきて（車いすで膝の上に乗せて、えっちらおっちら運んできた）、空いていた病室でＡＶビデオの鑑賞会を開いたりした。すぐに発覚して、こんなことは前代未聞だとか、烈火の如く怒られた。こういう悪事を共有できるくらいに仲が良かった。

Ｋの話に戻ろう。

だいぶ仲も深まった頃、それぞれの事故の話になった。ぼくの事故は普通すぎてここではぜんぜん盛り上がらない。ここには、にわかには信じられないような事故の話がゴロゴロ転がっている。その中でも、テントで寝ていると鹿が降ってきて背中に激突した話は一番驚いた。

それに比べれば、Kの事故の話はまぁまぁといったところだった。Kによると、乗っていた車が電柱に激突して、事故直後はなかなか見つからず二百メートル先のゴミ置場で倒れているところを意識不明の状態で発見されたらしい。そこまで飛んでいくとは現実的に考えづらいのでおそらく、現場からふらふらと歩いて行って、あるいは這って行って、そこで力尽きたのではないかという話だった。断っておくが、なにぶんつかみどころのない子供っぽいイケメンなので、どこまで本当かわからないが、事態はここから異様な展開を見せる。

昏睡状態だったKの意識が戻ったとき、ベッドを囲み、涙を流して喜ぶ人たちを、Kは不思議な気持ちで眺めていた。次から次へとやってきて喜びの言葉をかける同年代の人間たちをも、訝しげな表情で眺めていた。Kは思った。——誰だ？　この人たち。

Kは記憶をなくしていたのだ。

そして、その自覚もあった。だから、知っているフリをした。状況や言動からして、たぶんこのおばさんが母親なんだろうなという推測をして、息子のような対応をした。その他、家族、友人にも同じようにしたという。

ちょっと考えられない行動だが、ぼくはそこにリアルを見た。Kはひとりになりたくはなかったのだと思う。もし、彼がこの人たちを知らないといって、拒絶してしまうと、Kはその瞬間からこの世界でたったひとりなってしまうと感じたのではないだろうか。

その後、さすがに無理が生じて、記憶喪失だとバレてしまうが、Kも家族も友人たちもその関係を続ける。その甲斐あってか、Kは少しずつ記憶を取り戻していった。今では思い出せないことも少しはあるくらいのレベルまで回復したということだった。

こういう深刻な話をKは、訛りなのか方言なのかクセなのかわからない口調で面白おかしく話した。

「すんげー親しげに話してくるやつおったでー俺それうんうん聞いててー親友らしいんでー心ん中ではおまえ誰やー思ったでー。そんでー女もきてー俺の彼女らしいんでーでもー話すことないでーずっとだまちょったら泣き出して恐かったでー」

ぼくの記憶も曖昧だか、こんな調子だった。ぼくは、ほんとかよーとか言ってゲラゲラ笑っていたが、その後しばらくして、Kとの初めての会話を思い出してハッとする。Kは見舞いに来た母親のことを「知らない人」と言ったのだ。すぐに嘘だと打ち消したが、ぼくの頭にある考えが浮かぶ。もしかしたらあれは本心で、Kはまだ完全には記憶を取り戻してはいないのではないか？　取り戻したフリを続けているのではないのか？　と、ぼくは勝手に思い込んで不思議な感動を覚える。

それでも家族や友人でいたい。家族だとか友人だとかという記憶はなくとも、その関係は捨てたくはないんだ。おそらく、家族や友人も、Ｋの記憶は完全に戻っていないことを知っている。それでも愛を注ぎ続け、Ｋもそれに応えている。愛ってすごい。

こういう、思い込みなどを経て、ぼくは帰郷へと傾いていったわけだけど、今思うと、ぼくの不自由な心と身体は島へ帰る理由を探していたのかもしれない。少しずつそれを集めて大きな塊りにしていったのかもしれない。

ぼくの歯がガチガチと鳴っている。
寒くて長い廊下はまだ終わらない。
窓の外の雪もまだ止みそうにない。
暖かい島を思う。
島に帰って、誰かに雪はどうだった？　なんて訊かれたらどうしよう。
——ああ、雪？　雪は見たよ。見たことがあるよ。とでも答えようか。
心の不自由さは永遠に続きそうだ。

いつものことだ。
腕の痙攣はすぐに止まった。大したことではない。
足の痙攣は止まらず、まだ寝れそうにない。また朝までか。
いつものことだ。
すごく眠い。
痙攣は、ぼくに何かを訴えかけるように、不規則にビクンビクンと動き続ける。
たぶんこうだ。
〝平凡である、普通であるということは奇跡なんだよ。わかってるのか？〟
わかってる。世界で一番わかってる。だからもう、寝かせてくれ。

あとがき

ここまで読んでくださって、ありがとうございます。あの時代の宮古島の空気感は少しだけでも伝わったでしょうか？　伝わっていれば幸いです。ぼくの曖昧模糊とした記憶を元にして書かれたものなので、実際とは違うところもあると思われますが、どうか、ご容赦下さい。

それにしても、ぼくのような人間が本を書くことになるとは、ぼく自身思ってもみませんでした。ものを書くどころか、本もろくに読んだことがなく、そうですね、交通事故に遭うまでの二年半ほどの高校時代に読んだ本といえばたった二冊しかなく、ちなみに、太宰治の『人間失格』と、アルベール・カミュの『異邦人』で、それなりに衝撃を受けたものの、読んだ感想の最初にくるのが、ママンってなんだよ！　というぐらいの平凡なものでしかなく（ママンとは異邦人の主人公が使う母親の呼称）、基本的に日々ぼんやりと過ごしていた人間でした。

それが、突然の交通事故により、長い入院生活を余儀なくされ、やることがないので、もらった本を読み始めて、面白い本に出会ったりして、だんだんハマっていって、活字中毒にまでなってしまいました。

そして、めでたく退院して家に帰ってきまして、とはいっても、五体満足に戻ったわけではないので、やっぱりやることがないので本を読み続け、そのうちパソコンを購入して、それを使って小説みたいなものを書き始めて、それをどうするわけでもなく、ただ、読んでくれそうな知り合いに読ませて、「おもしろい」とか「いいんじゃない」とか、お世辞混じりの感想を言ってもらうだけでした。

そんなある日、教えてもらったことはなかったけど、知っている高校時代の先生、友利昭子先生が琉球新報短編小説賞を受賞なさったという記事を読み、――俺も応募したら、もしかしたら何か間違って佳作ぐらいはいけるではないか。という根拠のない自信が湧き上がり書き始めたのですが、これが思いのほか難しくて、とくに規定枚数に収めるのが大変で、それに、ハードボイルドタッチになってしまって、今までの受賞作とはジャンルが違うので、応募しても審査の対象外になってしまうのではないかという不安に襲われ、何度も挫折しそうになりながら、なんとか完成させて、締め切りギリギリに応募したところ、なんと受賞ということに。驚きしかなかったです。

その後、地元のタウン誌に連載させていただいたりして書き続けて、ある日、テレビのCMでRBCラジオのSF・ファンタジー大賞を知って、応募したのですが、全国からの応募総数が二百二十二編と知って、応募したことを後悔していたところ、なんとなんと、大賞を受賞してしまって、いやはや、出してみるものですね。

話は前後しますが、受賞と受賞のあいだに、『読めば宮古!』の宮国優子さんから、宮古島あるある的な話を何本か書いてくれないかというお話をいただき、書いたのですが、これが小説のような形のものになってしまって当初の趣旨とはズレてしまい、ご迷惑をかけたりしました。

しかし、これがきっかけとなって、記憶の扉がいくつか開いて、その手付かずの記憶を小説のようなエッセイにして、ネットを通してあるいは直接友人たちに読んでもらったところ、すごく評判が良く、フェイスブックやツイッターなどで拡散してくれました。

その後、この小説風エッセイを読んだ、宮古島の図書館の根間郁乃さんからの図書館に置きたいので本にしてくれないかという要望を受けて、ネットで1冊から自分で作れるサービスがあったので、エッセイに受賞作などをまとめて、自分で捌けるくらいの部数を作り、それが、友利昭子先生のありがたくも素晴らしい書評のおかげもあって、かなりの数を作ることになりました。そして、ツイッターを通して、ボーダーインクの新城和博さんから正式な出版をしたいという夢のようなお話をいただき、ここまで来ました。

こうやって振り返ってみると、この本は人と人とのつながりで作られたものだとすごく実感しています。どれかひとつでも欠けていたら、存在していなかったかもしれません。あの交通事故でさえそうです。

最後に、きっかけを与えてくださった宮国さん、図書館に置いていただいた根間さん、書評を書いていただいた友利先生、いろいろ拡散してくれた友人たち、ボーダーインクの新城さん、関わっていただいたすべての方々に感謝いたします。

そして、読んでいただいた読者のみなさん、また紙上で再会できることを楽しみにしております。

ありがとうございました。

著者

著者プロフィール
荷川取雅樹　にかどり まさき
1966年生まれ沖縄県宮古島市（旧平良市）出身。交通事故により宮古高校を中退。長期の入院を経て、宮古島に帰郷。ほどなくして執筆活動に入る。その後、平成17年第33回琉球新報短編小説賞受賞。平成26年第1回RBC SF・ファンタジー大賞受賞し、現在に至る。

連作短編集
あの瞬間、ぼくは振り子の季節に入った
一九七〇年代から一九八〇年代にかけて宮古島での記憶

2018年2月16日　初版第一刷発行

著　者　荷川取 雅樹

発行者　池宮 紀子

発行所　㈲ボーダーインク
沖縄県那覇市与儀２２６－３
http://www.borderink.com　tel 098-835-2777　fax 098-835-2840

印刷所　でいご印刷

ISBN978-4-89982-335-3　　printed in OKINAWA Japan